Diogenes Taschenbuch 22498

Bernard MacLaverty

Geheimnisse

und andere Erzählungen

Aus dem Englischen von
Hans-Christian Oeser

Diogenes

Titel der 1977 erschienenen
Originalausgabe: ›Secrets‹

Die deutsche Erstausgabe erschien
1990 im Diogenes Verlag
Umschlagillustration
nach einer Druckgraphik
von Paul Tracey

Für Madeline

Veröffentlicht als Diogenes Taschenbuch, 1992

80/92/24/1
ISBN 3 257 22498 2

Inhalt

Die Hausaufgabe

»Wir hatten halt die Chance nicht«, pflegte seine Mutter zu ihm zu sagen. »Mir hätte es ja nicht viel genützt, aber dein Vater hätte weiterkommen können. Dann würde er jetzt unterrichten oder so was, statt hinter der Theke zu stehen. Er könnte es mit jedem aufnehmen.«

Jetzt, wo Kevin aufs Gymnasium übergewechselt war, machte sein Vater bei den Schularbeiten mit und half ihm, wann immer er Zeit hatte. Manchmal löste er die Aufgaben in den Schulbüchern allein, bevor er zu Bett ging. Meistens hielt er sich dabei an die Lehrbeispiele im Mathematik- und Sprachbuch oder an bereits durchgesehene Hausaufgaben von Kevin. Seine Frau machte sich oft über ihn lustig, indem sie sagte: »Glaubst du wirklich, du wirst die Prüfung zu Weihnachten bestehen?«

Wenn er sich konzentrierte, saß er über den Küchentisch gebeugt, hatte die freie Hand hinten in die Hose geschoben und ließ die Zunge heraushängen.

»Steck das Ding wieder in den Mund«, sagte Kevins Mutter dann lachend. »Du hast ja 'ne Zunge wie 'ne Kuh.«

Sein Vater roch stark nach Tabak, denn er rauchte sowohl Pfeife als auch Zigaretten. Wenn Kevin Taschengeld für Süßigkeiten kriegte, sagte er immer: »Mein Mantel hängt über dem Treppengeländer. In der Tasche findest du ein Sixpencestück.«

Dann tauchte Kevin mit dem Arm fast bis zum Ellbogen

tief in die Tasche ein und zog eine Handvoll Münzen heraus, an denen gelbe und braune Tabakkrümel klebten. Sein Vater roch auch nach Porter, allerdings nicht sein Atem – er trank nämlich nie –, sondern nur seine Kleider, und Kevin fand, daß sich der Geruch angenehm mit seinem Erwachsenengeruch vermengte. Er schnupperte gern an der Schlafanzugjacke und an den Hemden, die sein Vater zum Waschen hingelegt hatte.

Ab und zu kam Kevins Vater um sechs Uhr nach Hause, setzte sich in seinen Sessel und befahl: »Hausschuhe!«

»Bleibst du heute zu Hause?« riefen da die drei Jungen und tanzten herum. Der jüngste zog ihm die großen Stiefel aus; wenn er sie endlich mit einem Ruck losbekam, landete er auf seinem Hosenboden. Kevin, der älteste, stellte sich auf die Sessellehne, um die Hausschuhe vom Geschirrschrank herunterzuholen.

»Los, einer von euch holt 'ne Schippe Kohlen für den Kamin«, und dann saßen sie in der warmen Küche und machten Schularbeiten. Ihr Vater las die Zeitung oder lief umher, um irgend etwas zu erledigen, womit Mutter ihm schon monatelang in den Ohren gelegen hatte. Vor dem Schlafengehen las er den jüngeren Kindern eine Geschichte vor oder suchte auch mal einen Zeitungsartikel aus, wenn gerade keine Bücher im Haus waren. Auch wenn er so tat, als sei er mit etwas anderem beschäftigt, hörte Kevin ihm zusammen mit den anderen zu.

Aber heute abend stand es anders. Sein Vater hatte schon seinen Mantel an, einen ganz schweren, marineblauen Mantel, und rasierte sich hastig im Stehen. Sein Gesicht hatte er mit weißem Seifenschaum eingeschmiert. Kevin kniete auf dem kalten Linoleumboden des Badezimmers; einen Ellbogen auf den gepolsterten Sitz des grünen Korbstuhls gestützt, wollte er sich bei den Lateinaufgaben helfen lassen. Es handelte sich um eine von diesen Übungen, in denen der Nominativ und der Genitiv von »eine üble Tat«, »ein weiser Vater« und so weiter verlangt wurde.

»Was heißt ›übel‹ auf lateinisch?«

Sein Vater ragte vor ihm auf, versuchte, möglichst nahe an den Spiegel zu gelangen und reckte das Kinn, um die Seife abzuschaben.

»Schau hinten nach!«

Kevin kaute am Bleistiftende und blätterte das Wörterverzeichnis durch. Sein Vater war mit dem Rasieren fertig, bückte sich und spuckte ins Waschbecken. Kevin hörte, wie er den Stöpsel herauszog und wie das letzte Wasser glucksend abfloß. Der Vater tastete nach dem Handtuch, dann kniete er neben ihm nieder und trocknete sich das Gesicht ab.

»Hast du's gefunden?« Er sah nach unten. Seine rubbelnden Bewegungen wurden immer langsamer und nachdenklicher, bis er innehielt.

»Ich helf' dir heute zum letzten Mal, ich muß mich sputen.«

Kevin hörte auf, an seinem Bleistift herumzukauen, und hielt ihn schreibbereit. Sowie sein Vater ihm die Antworten vorsagte, trug er sie geschwind in sein Schmierheft ein.

»Ist das alles?« fragte sein Vater und hängte das Handtuch über den Rand der Badewanne. Er beugte sich vor, um Kevin einen Kuß zu geben, aber dann versenkte er den Kopf im Buch, wie um etwas nachzusehen. Als er die Treppe hinuntereilte, rief er über die Schulter zurück: »Frag' mich bloß nicht nochmal! Du mußt dir die Antworten schon selbst überlegen.«

Dann war er fort und ließ Kevin auf dem Stuhl zurück. Das Handtuch glitt langsam vom Badewannenrand herab und fiel zu Boden. Kevin stand auf und blickte ins Waschbecken. Es war übersät mit kurzen, schwarzen Haaren, Bartstoppeln. Mit dem Finger zog er eine weiße Schneise hindurch. Dann drehte er sich um und ging die Treppe hinunter, um die Antworten mit Tinte ins reine zu schreiben.

Von allen Lehrern der Schule gebot Waldo über den größten Respekt. In seiner Gegenwart wagte niemand, den Mund aufzutun, so daß er die Gänge durch einen Wall von Schweigen abschreiten konnte. Die Jungen, die ihn kommen sahen, senkten die Stimme zu einem Flüstern; erst wenn er außer Hörweite war, sprachen sie wieder in normaler Lautstärke. Zwischen den Stunden herrschte stets fünf Minuten lang Tumult. Die Jungen balgten sich über den Tischen, brüllten, pfiffen und warfen mit Büchern, während einige mit geschlossenen Augen versuchten, ihre Nomina auswendig zu lernen, und mit dem Fuß den Rhythmus der Deklinationen klopften. Andere beeilten sich verzweifelt, ihre Hausaufgaben vom vorherigen Tag zu Ende zu schreiben. Bereits einige Minuten vor Waldos pünktlicher Ankunft beruhigte sich die Klasse. Drei Reihen Jungen, die alle ihre Nomina herunterleierten, saßen jetzt vornübergebeugt da und warteten.

Waldos Auftritt hatte etwas Theatralisches an sich. Mit großen Schritten – so groß, wie seine Soutane ihm erlaubte –

kam er zur Tür herein. Mit der Linken umklammerte er seine Bücher und preßte sie fest an die Brust, mit der Rechten versetzte er der Tür hinter sich einen Stoß, so daß sie krachend ins Schloß fiel. Seine Augen suchten die Klasse ab. Wenn die Tür, wie es zuweilen geschah, nicht richtig schloß, wandte er sich nicht etwa von der Klasse ab, sondern bewegte sich langsam rückwärts zur Tür und drückte sie mit dem Gesäß zu. Mit zwei großen Schritten war er beim Podest. Er warf die Bücher mit einem explosionsartigen Knall aufs Katheder und machte eine jähe Handbewegung, indem er den Handteller nach oben kehrte.

Waldo war hochgewachsen, und seine Körpergröße wurde von der Soutane, die an den Schultern eng anlag und glockenförmig zu Boden fiel, noch unterstrichen. Eine Reihe schwarz-glänzender Knöpfe, die vom Fußboden bis zum Hals reichte, schien ihn in der Mitte zu zerteilen. Wenn er sprach, stieß sein Adamsapfel gegen den steifen, weißen Priesterkragen, was bei Kevin dieselbe Empfindung hervorrief wie ein auf der Tafel entlangkratzender Fingernagel. Waldos Gesicht war fahl und unbeweglich. (Es ging das Gerücht, er habe ein Glasauge, aber niemand wußte, welches. Keiner wagte, ihn lange genug anzusehen, um es herauszufinden, denn seinem starren Blick begegnen, hieß eine Frage auf sich ziehen.) Schludrigkeit war ihm ein Greuel. Als ihm einmal ein unordentliches Heft mit Eselsohren und einem bräunlichen Teering auf dem Einband abgegeben wurde, hob er es – die Seiten wie ein Fächer ausgespreizt – mit spitzen Fingern an der Ecke eines Blatts auf, öffnete das Fenster und schleuderte es drei Stockwerke tief auf den Hof. Wenn er an der Tafel stand, übertrieb er seinen Ordnungssinn noch – in lateinischer Schrift, die eben groß genug war, daß die Jungen in der hintersten Reihe sie entziffern konnten, schrieb er geometrische Säulen deklinierter Nomina an, die von scharfen, fast unsichtbaren Rändern begrenzt wurden. Wenn er fertig war, legte er die Kreide nieder und rieb Finger und Daumen mit derselben Bewegung gegeneinander, deren er sich befleißigte, wenn er die Hostie über der Patene angefaßt hatte.

Beim Anblick der nach oben gekehrten Handfläche schnellte die Klasse empor und sprach das *Ave Maria* auf lateinisch. Während des Gebets senkten alle die Augen, denn sie wußten, wenn sie aufschauten, würde Waldo den Blick auf sie heften.

»Hausaufgaben.«

Wenn Waldo es eilig hatte, korrigierte er die Hausaufgaben mündlich, indem er einen Jungen drannahm und dann alle Schüler, die die Aufgabe richtig hatten, aufforderte, sich zu melden. Wer log, bekam vier Schläge. Ab und zu führte er Stichproben durch, um die Lügner zu überführen.

»Halt, halt«, rief er dann und sprang von seinem Pult auf. Er bewegte sich durch den Wald von Fingern, sah sich jedes Heft an und zeichnete die Antwort mit der Spitze seines Rohrstocks nach. Solange er sich auf ein Heft konzentrierte, wurden einige Hände still und heimlich zurückgezogen, noch bevor er seinen Rundgang beendet hatte. Heute hatte er es eilig. Als er von einem Jungen zum anderen blickte, um zu entscheiden, wer anfangen sollte, war die Atmosphäre gespannt.

»Sweeny, beginnen wir mit dir.« Kevin stand auf. Sein

Finger unter der Stelle im Heft zitterte. Er las die erste Antwort vor und blickte Waldo an. Dieser blieb ungerührt. Einen Schüler, der unvorbereitet übersetzen mußte, pflegte er mit großer Phantasie weiterschwafeln zu lassen, bis dieser ins Stocken geriet, abbrach und gestand, daß er nichts wußte. Dann und erst dann züchtigte er ihn.

»Zwei, Nominativ. *Sapienter Pater.*« Unsicher ging Kevin alle zehn Aufgaben durch. Dann verstummte er und wartete auf einen Kommentar von Waldo. Es verging einige Zeit, bevor dieser sprach. Als er es schließlich tat, geschah es mit gelangweiltem Verdruß.

»Die letzten Formen sind allesamt falsch.«

»Aber Sir, Hochwürden, sie können gar nicht fal...« Kevin platzte so rasch damit heraus und sprach mit solcher Überzeugung, daß Waldo ihn überrascht anblickte.

»Und warum nicht?«

»Weil mein...« Kevin hielt inne.

»Nun?« Waldos steinernes Gesicht ruhte auf seinen Knöcheln. »Weil mein was?«

Es war zu spät zur Umkehr.

»Weil mein Vater es gesagt hat«, murmelte er sehr leise und ließ das Kinn auf die Brust sinken.

»Lauter, wir wollen alle etwas hören.« Einige Jungen hatten ihn bereits verstanden, und er glaubte ein Kichern zu vernehmen.

»Weil mein Vater es gesagt hat.« Diesmal war das Getuschel der Klasse unüberhörbar.

»Und wo unterrichtet dein Vater Latein?« Es gab keinen Ausweg mehr. Er war Waldo ausgeliefert. Er wußte, jetzt würde er zum Gespött der Klasse. Kevin verlagerte sein Gewicht auf seinen Arm und spürte, wie sein Zittern auf das Tischpult überging.

»Er unterrichtet nicht, Hochwürden.«

»Was tut er dann?«

Kevin zauderte, dann stammelte er: »Er ist Barmann.«

»Barmann!« äffte Waldo ihn nach, und in der Klasse erhob sich lautes Gebrüll.

»Ruhe!« Er drehte sich zu den anderen um. »Du, Sweeny. Tritt vor.« Er griff in die Innentasche seiner Soutane und holte mit Schwung einen dünnen, gelben Rohrstock hervor, mit dem er probeweise durch die Luft schlug.

Kevin trat nach vorn. Sein Gesicht war feuerrot, und in seinen Ohren hämmerte das Blut. Er streckte die Hand aus. Waldo hob sie auf eine ihm genehme Höhe an, indem er den nach unten gekehrten Handrücken mit der Spitze des Rohrstocks antippte. So hielt er sie eine Weile.

»Wenn dein neunmalkluger Vater weiter deine Hausaufgaben für dich macht, Sweeny, wirst du auch noch einmal als Barmann enden.« Dann zog er ihm mit dem Stock gekonnt eins über die Fingerspitzen, und gerade als das Blut wieder zurückströmen wollte, ein zweites Mal. Der durchgezogene Rohrstock klatschte jedesmal laut gegen seine Soutane.

»Allein hättest du das besser hingekriegt. Die andere Hand!« Es folgte dasselbe Ritual mit der Rohrstockspitze: Das Anheben und Senken der Hand, bis sie die gewünschte Höhe hatte. »Immerhin habe ich dir etwas Latein beigebracht.« *Klatsch.* »Schlechter hätte man es kaum machen können.«

Kevin ging an seinen Platz zurück und widerstand dem

Verlangen, seine Hände unter die Achseln zu schieben. Als er sich in die Bank drückte, stolperte er über einen Ranzen, der in den Gang ragte. Wieder ließ Waldo seinen Blick über die Klasse wandern und sagte: »Jetzt wollen wir aber von jemandem die *richtigen* Antworten hören.«

Der Unterricht wurde fortgesetzt, und Kevin, der das Schlimmste überstanden hatte, hauchte seine Finger an.

Als die Schulglocke ertönte, sammelte Waldo seine Bücher ein und sagte: »Sweeny, ich möchte draußen ein Wörtchen mit dir reden. *Ave Maria, gratia plena ...*« Erst am Ende des Korridors wandte sich Waldo zu ihm um. Er betrachtete Kevin und bewahrte einen Augenblick lang Schweigen.

»Sweeny, ich muß mich bei dir entschuldigen.« Kevin senkte den Kopf. »Ich habe es nicht bös gemeint – dein Vater ist bestimmt ein braver Mann, ein sehr braver Mann.«

»Jawohl, Sir«, sagte Kevin. Die Schmerzen in seinen Fingern hatten nachgelassen.

»Sieh mich bitte an, wenn ich mit dir rede.« Kevin blickte auf seinen Kragen, seinen Adamsapfel und dann in sein Gesicht. Es entspannte sich fast unmerklich, und Kevin dachte schon, Waldo sei drauf und dran zu lächeln, aber da war dieser schon wieder förmlich und kurz angebunden.

»Na schön, also gut, du kannst wieder in deine Klasse gehen.«

»Jawohl, Hochwürden«, nickte Kevin und ging durch den leeren Korridor zurück.

An Abenden, an denen er mit den Schularbeiten früher fertig war, lief Kevin oft die Straße hinab, um seinem Vater entgegenzugehen, wenn dieser von der Arbeit kam. Es war dunkel, Oktober, und er stellte sich dicht an die hohe Mauer bei der Bushaltestelle und versuchte, sich vor dem schneidenden Wind zu schützen. Sein dünner, schwarzer Blazer mit dem Schulwappen auf der Brusttasche und seine kurze, graue Hose, beide neu zu seinem Eintritt ins Gymnasium, vermochten ihn kaum warmzuhalten. Die Hände in den Hosentaschen, stand er fröstelnd da und betrachtete seine blaugeäderten Knie. Er zitterte haltlos. Es war sechs Uhr gewesen, als er das Haus verlassen hatte, und er hatte fünfzehn Minuten dagestanden. Die Autos wurden langsam spärlicher, die Busse verkehrten weniger häufig und beförderten immer weniger Fahrgäste. Als gar keine Autos mehr vorüberfuhren, herrschte einen Augenblick lang Stille, und er hörte das Geräusch eines Papierfetzens, dessen Ränder am Boden entlangkratzten. Er versetzte ihm einen Tritt. Er dachte daran, was geschehen war, an Waldo und an seinen Vater. Am ersten Schultag hatte Waldo viele Jungen namentlich aufgerufen.

»Ja, ich kenne deinen Vater gut« oder »Ich habe deinen älteren Bruder unterrichtet. Aus ihm ist ein guter Priester geworden. Der Nächste.«

»Sweeny, Hochwürden.«

»Sweeny, Sweeny? – Du bist doch nicht etwa Dr. John Sweenys Sohn, oder?«

»Nein, Hochwürden.«

»Oder mit den Milch-Sweenys verwandt?«

»Nein, Hochwürden.«

»Der Nächste.« Ohne weiteren Kommentar ging er zum nächsten Schüler über.

Fünf vor halb sieben. Um die Ecke kam wieder ein Bus gebogen, und auf der Plattform erblickte Kevin seinen Vater. Als der Bus abbremste, ging er auf die Haltestelle zu. Sein Vater sprang leichtfüßig ab und sah, daß Kevin auf ihn wartete. Mit der zusammengerollten Zeitung, die er bei sich trug, gab er ihm einen Klaps auf den Kopf.

»Na, wie geht's, mein Junge?«

»Es geht«, sagte Kevin zitternd. Er zog die Schultern ein und setzte sich neben seinem Vater in Bewegung. Beim Gehen stieß er unsicher gegen ihn.

»Wie ging's heute in der Schule?« fragte sein Vater.

»Gut.« Sie schwiegen, bis sie an ihre Straßenecke gelangten.

»Und Latein?«

Kevin zögerte, er verspürte einen kindlichen Drang zu weinen.

»Wie ist es damit gegangen?«

»Einigermaßen. Gut.«

»Schön. Ich hab' mir schon Sorgen gemacht. Ich mußte mich ja ganz schön damit beeilen. Junge, dein Vater ist ein Genie.« Wieder versetzte er ihm einen Klaps mit der Zeitung. Kevin lachte und ließ seine Hand in die warme Manteltasche seines Vaters gleiten, bis tief zum Ellbogen.

Eine Ratte und eine Renovierung

In Irland hat wohl fast jeder schon einmal mit Besuch aus Amerika, oder wie wir sagen, mit »Yanks«, zu tun gehabt. Kurz bevor wir das erstemal Besuch bekamen, beschloß meine Mutter, die Küche modernisieren zu lassen. Wir wohnten in einer Straße mit verwahrlosten viktorianischen Reihenhäusern, deren Vordergärten so breit waren wie das Haus selbst, aber nur einen Meter lang. Die Spülküche, von der eigentlichen Küche durch eine Wand getrennt, war genauso groß wie der Garten und genauso kultivierbar. Als wir den Gemüseschrank verschoben, fanden wir drei oder vier Kartoffeln, die dahinter gerutscht waren und Wurzeln geschlagen hatten. Ma sagte: »Mein Gott, wenn das die Yanks gesehen hätten!«

Sie bestellte die Handwerker so rechtzeitig, daß die Arbeiten abgeschlossen wären und der Anschein des Frischrenovierten sich verloren hätte, bevor die Yanks einträfen. Sie sagte, sie wolle bei denen doch nicht den Eindruck hervorrufen, als hätte sie das Haus nur ihnen zuliebe instand gesetzt.

Am ersten Tag durchbrachen die Handwerker die Wand, rissen den Boden auf und ließen einen Kaltwasserhahn zurück, der einen Meter über einem Eimer baumelte. Drei Wochen lang bekamen wir sie nicht mehr zu Gesicht. Großmutter versuchte Milderungsgründe für sie geltend zu machen, schließlich sei es eine sehr anstrengende Arbeit.

Meine Mutter vermochte sie jedoch zurückzubeordern, und sie arbeiteten drei Tage hintereinander, bauten einen Spültisch ein und ließen ein Loch fürs Abflußrohr frei. Durch dieses Loch muß die Ratte hereingeschlüpft sein.

Die ersten Anzeichen entdeckte Ma im Schubfach der neuen Spüle. Sie rief mich herbei und fragte: »Was ist denn das?« Ich spähte in die Lade und sah sechs harte, braune Kugeln darin herumrollen.

»Rattenscheiße«, sagte ich. Ma wich ungläubig zurück, hielt die Hände vor den Mund und wiederholte: »Es ist Mäusedreck, Mäusedreck, das kann nur Mäusedreck sein.«

Wir holten den Mann von nebenan, einen gewissen Mr. Frank Twoomey, der den größten Teil seines Lebens auf dem Lande verbracht hatte. Der sagte, der Größe nach könne es auch ein Pferd gewesen sein. Daraufhin packte meine Mutter ihr Nachthemd und ihre Zahnbürste zusammen und zog bei einer Tante ein, die gegenüber wohnte. Meinen Bruder und mich ließ sie allein mit dem Problem zurück. Mit Schaufel und Beil bewaffnet, schlugen wir polternd gegen die Schränke. Als wir überzeugt waren, daß die Ratte auf und davon war, versperrten wir das Loch mit Hartfaserplatte und ließen Ma ausrichten, sie solle zurückkommen, es sei alles in Ordnung.

Nachdem sie sich zwei Tage in Sicherheit gewiegt hatte, entdeckte sie wieder die kleinen braunen Bomben. Ich traf sie, das Nachthemd unterm Arm, auf dem Gartenweg. Sie sagte nur: »Ich habe wieder welche gefunden«, und machte sich auf den Weg zu ihrer Schwester.

An diesem Abend schlug Großmutter vor, die Katze der Grimleys auszuborgen. Mein Bruder wurde losgeschickt.

Er mußte sie unter der Anrichte hervorzerren, weil sie fremdelte. Er trug sie über die Straße, aber die Rattenfängerin war so erschrocken über den vielen Verkehr und Peters festen Druck, daß sie ihm alles vollpinkelte. Inzwischen hatte in Ma die Neugier gesiegt, sie wagte sich aus dem Haus ihrer Schwester hervor und stand blaß und nervös auf unserem Weg. Mein Bruder setzte die Katze ab und drehte sich suchend nach einem Lappen um, mit dem er sich abwischen könnte. Die Katze schoß an ihm vorüber, die Diele entlang und an Ma vorbei, die kreischte: »Jesses, die Ratte!« und in die Hecke hechtete. Die Katze rannte, bis ein Bus ihr mit einem dumpfen Schlag ein Ende bereitete. Seitdem reden die Grimleys nicht mehr mit uns.

Ma begann zu verzweifeln. »Wie alt werden Ratten wohl?« fragte sie. »Und was soll werden, wenn sie immer noch hier ist und die Yanks kommen?« Peter meinte, Schweine in der Küche fänden die ja auch ganz reizend.

Am folgenden Tag kauften wir ein Zeug, das ätzte wie Phosphor, und streuten es auf Brotwürfel. Das Zeug funktionierte angeblich so, daß sich die Ratte beim Brotfressen die Kehle verbrannte und sich danach zu Tode soff.

»Genau wie Onkel Matt«, sagte Peter. Taktlos las er Großmutter die Gebrauchsanweisung vor. Daraufhin gab diese Sympathieerklärungen für die Ratte ab. Ma meinte, sie könnte sich nach draußen verzogen haben, und um sicherzugehen, bestreuten wir auch den Hof mit Brotstükken. Für den Fall, daß das nichts fruchtete, beschloß Ma, eine neuntägige Andacht zu halten. Also stand sie am nächsten Morgen früh auf, aber auf dem Zufahrtsweg zur Kirche, der hinter unserem Haus verlief, bemerkte sie sechs

Vögel, die die Füße in die Luft streckten – sie waren mausetot.

Später fanden wir die Ratte in demselben Zustand auf dem Küchenboden. Wir begruben sie rasch im Mülleimer, die Schaufel diente uns als Leichenwagen. Anderntags kamen die Handwerker und beendeten ihre Arbeit. Die Farbe war gerade am Trocknen, als die Yanks eintrafen.

Als wir sie von der Fähre abholten, wirkten sie merkwürdig fehl am Platz mit ihren braunledernen Gesichtern, randlosen Brillen und auffallend breiten Hutkrempen... Viel zu sommerlich für die triefenden Dachrinnen der Werfthallen. Zu Hause vor dem prasselnden Kaminfeuer (an einem Julitag!) lachten sie erst ein bißchen über das drollige Taxi, richteten Grüße aus und unterhielten sich über Familienähnlichkeiten und Berufliches, dann ging ihnen der Gesprächsstoff aus. Die nächste halbe Stunde mußte die Unterhaltung künstlich am Leben erhalten werden; nur ein Vergleich der Bildungssysteme verwirrte und dauerte entsprechend länger. Dann versiegte das Gespräch vollends.

Mein Bruder sagte: »Verlegenes Schweigen würde ich das nicht gerade nennen.«

Alles lachte nervös und bereitete so zwar dem Schweigen, nicht aber der Verlegenheit ein Ende.

Ma versuchte sie zu überspielen. »Mächtet Ihr noch eine Tässe Käffee?« Schon hatte sie begonnen, den Akzent aufzuschnappen. Sie nahmen dankend an, und die Ältliche mit den blauen Haaren folgte ihr hinaus in die Küche.

»Mänschenskindär, gänz schön modärn«, sagte sie.

Ma löste die Hand von der frisch gestrichenen Schublade und sagte: »Ja, wir haben letztes Jahr renoviert.«

St. Paulus trifft den Nagel auf den Kopf

Den ganzen Nachmittag über schien Marys Welt aus den Fugen zu geraten. Jedesmal, wenn sie sich aus dem Zimmer stahl, rollte sie die Augen zum Himmel, daß das Weiße blitzte. Immer wieder stürzte sie in die Küche und sprach in spitzem Flüsterton mit den Kindern, knöpfte ihnen den Mantel zu oder gab ihnen Kekse und einen Schluck Wasser. Es war ihr gelungen, die beiden Buben, Rodney und John, zum Spielen auf die Straße hinauszuschaffen, aber die Mädchen drückten sich immer noch herum aus lauter Angst, irgend etwas zu verpassen. Jetzt kam sie schon wieder herausgelaufen, aber auf der Schwelle hielt sie inne: Deirdre, mit zwei Jahren die Jüngste, behauptete, aus Cornflakes und Ketchup das Mittagessen zu kochen. Sie saß auf dem Hintern und verspritzte die Panscherei über den Schüsselrand auf den Fußboden. Mary entriß ihr die Schüssel, packte sie an den Schultern und schüttelte sie durch, danach versuchte sie ihr Gekreische mit Pst! und Sch! zu ersticken.

»Patricia, schaff mir Deirdre aus den Augen, nach oben, irgendwohin... und wasch ihr, wo du schon oben bist, auch gleich das Gesicht!«

Patricia, sieben Jahre alt und die Älteste, führte ihre schluchzende Schwester die Treppe hinauf. Als Mary die Diele entlangging, sah sie eben Deirdres weiße Unterhose, vom vielen Auf-dem-Boden-Sitzen grau wie ein Aufwischlappen, um den Treppenabsatz herum verschwinden. Sie balancierte die Scones auf einem Teller und ging wieder ins Vorderzimmer zurück.

Vater Malachy, ein entfernter Vetter, der eine Pfarre irgendwo im tiefsten Monaghan hatte, saß unbeweglich im Lehnstuhl in der Ecke und schlürfte Tee aus einer Porzellantasse. Jedesmal, wenn er sie wieder auf der passenden Porzellanuntertasse absetzte, klirrte es, denn er hatte die Parkinsonsche Krankheit, und die wurde immer schlimmer. Jedes Jahr kam er im Frühsommer nach Belfast, stattete Mary einen etwa einstündigen Besuch ab und zog weiter, um den Rest der Woche bei Jimmy Brankin zu verbringen. Er war kurz vor dem Mittagessen eingetroffen. Mary hatte ihm die Tür geöffnet und in die Sonne geblinzelt: »Ach, Sie sind's, Hochwürden, treten Sie ein!«

Höflich zog der alte Priester den Hut, als er die Diele betrat. Er hatte einen kleinen marineblauen Koffer bei sich, der an der Seite, wo er beim Gehen andauernd am Bein rieb, bis auf den braunen Pappkarton durchgescheuert war. Den Koffer stellte er auf dem geräuschdämpfenden Teppichboden der Diele ab und schlurfte ins Vorderzimmer. Überall lagen Kleidungsstücke herum, auf dem Boden und über den Stuhllehnen. Eine Hose verschleierte teilweise das Gesicht des am Morgen totenstillen Fernsehgeräts.

»Setzen Sie sich hierher, Hochwürden«, sagte Mary, indem sie einen Stuhl freimachte und die Sachen auf den Boden warf. »Das Haus ist vielleicht in einem netten Zustand. Warum haben Sie mir auch Ihren Besuch nicht mit ein paar Zeilen angekündigt? Mein Gott, was für ein heilloses Durcheinander!«

»Sie wissen so gut wie ich, daß Sie sich darüber keine Sorgen zu machen brauchen. Wo glauben Sie denn, daß ich aufgewachsen bin?«

In diesem Augenblick entdeckte Mary den Topf mit Deirdres Häufchen. Sie schaffte ihn, so schnell sie konnte, aus der Stube, indem sie ihn mit ihrem Körper vor seinem Blick schirmte und sagte, eine Tasse Tee werde ihm nach der langen Reise sicherlich guttun. Während der Kessel zu brodeln begann, zog sie die Schürze aus, kämmte sich die Haare und nahm sich, zum erstenmal an diesem Tag, sogar die Zeit, ihr Gesicht einer Wäsche zu unterziehen. Den Tee auf dem Tablett, kam sie wieder hereinstolziert, sie fühlte sich wie neugeboren.

»Entschuldigen Sie, Hochwürden, ich habe Sie ja nicht einmal gebeten, den Mantel abzulegen.«

»Aber nicht doch, ich will ja gar nicht so lange bleiben«, sagte er.

Das war vor drei Stunden gewesen. Unterdessen hatte er zwar das Mittagessen ausgeschlagen, wohl aber zwei Schalen Suppe mit einigen zerstoßenen Kartoffeln zu sich genommen. Jetzt war er bereits bei der dritten Runde Tee angelangt und hatte um einen weiteren Scone mit Himbeerkonfitüre gebeten. Mary reichte ihm den Teller hin, und geräuschvoll verzehrte er das Gebäck – er bemühte sich gar nicht erst, beim Kauen den Mund zuzumachen. Etwa in Höhe der Vorhangleiste hatte er sich einen Punkt ausgesucht, den er fast während des ganzen Besuchs unverwandt anstarrte. Anscheinend nahm er diesen zum Vorwand, um nicht reden zu müssen. Das bedeutete, daß Mary ihn ihrerseits anstarren konnte, ohne Anstoß zu erregen. Er war tiefer in den Sessel gesunken, und sein Mantel hatte sich auf dem Rücken verkrumpelt. Sein schwarzes Priestergewand war mit Schuppen bedeckt, doch seine weißen Haare waren noch fast vollständig vorhanden. Außer zwei bräunlichgelben Nikotinfingern waren seine Hände weiß wie die eines Kranken, der lange bettlägerig gewesen ist. Als er sich das Mehl des Teegebäcks von den Fingern stäubte, gebot er ihrem Zittern Einhalt, indem er sie an den Spitzen fest zusammenpreßte. Er sagte: »Während Sie draußen waren, habe ich mich ein wenig umgeschaut. Sie haben sich ein schönes Haus gekauft. Das Zimmer hier ist sehr hübsch.«

»Mein Gott, aber heute morgen ist es wirklich in einem schlimmen Zustand. Ich neige eben dazu, die Dinge einfach laufen zu lassen.«

»Ihre Einrichtung ist wirklich ausgezeichnet«, sagte er, und seine weißen Hände prüften die Beschaffenheit der ledernen Armlehnen seines Sessels.

»Ausgezeichnet?«

»Ja«, sagte Vater Malachy, »ausgezeichnet ... Sams Bauunternehmen geht wohl gut?«

»O ja! Es geht voran. Gebäudeabbruch ist im Augenblick *die* Sache. Halb Belfast wird abgerissen.«

»Was Sie nicht sagen!«

»Stadtteilsanierung.«

Wieder verfielen sie in Schweigen.

Um Sam zu sehen, war Mary einmal mit den Jungen in die Stadt gefahren und hatte bei dem Geschäft der Zerstörung zugeschaut. Bulldozer kamen herbeigetuckert, durchbrachen Küchenwände, zerrten an Treppenstiegen und ließen Schlafzimmer gähnend offen zurück. Sie brachen riesige Brocken aus dem Haus heraus, dann spieen sie den Bissen auf die Ladefläche eines wartenden Lastwagens, wobei die »Kinnlade« nicht vorne, sondern hinten angebracht war. Als Mary die Tapeten erblickte, war ihr, als dürfe sie dies gar nicht mitansehen: blaßrote Rosenknospen, die in ihrer Familie verpönt waren, vergilbte Blumen, Muster, die vor einer Generation modern gewesen waren. Das Ganze kam ihr zu intim vor. Sie trommelte die Jungen zusammen – »Los, los, das ist kein Anblick für Kinder!« – und fuhr wieder nach Hause. Den ganzen Tag über blieb sie deprimiert und fauchte die Kinder grundlos an. Seitdem war sie nicht mehr hingefahren. Selbst Sam in seinen großen Schmutzstiefeln hatte ihr mißfallen, als er, den gelben Schutzhelm in den Nacken geschoben, auf dem hölzernen Boden der Bauhütte umherstapfte. Als sie da war, schrie er einen alten Arbeiter an. Er schrie so heftig, daß ihm der Speichel aus dem Mund spritzte, aber als sich der Mann aus dem Staub machte, drehte er sich um und sprach mit ihr und den Jungen ganz normal weiter.

»Wie geht's Sam denn?« fragte Vater Malachy, als hätte er ihre Gedanken gelesen.

»Ihm geht's gut«, erwiderte sie. »Manchmal kann er ganz schön schwierig sein.«

»Allerdings! Das weiß ich noch von der Hochzeit her«, sagte Vater Malachy.

Mary lachte bei der Erinnerung, dann sagte sie: »Damals hat er die Kirche ja ziemlich heruntergeputzt.«

»Es ist schon traurig.«

»Aber er hat doch nur Spaß gemacht«, wandte Mary ein.

»Ich weiß, aber es ist trotzdem traurig. Macht er Ihnen

Schwierigkeiten ... wegen Ihres Glaubens?« erkundigte er sich.

»Aber nein, ich hab's längst ... wir sprechen nie darüber.«

Vater Malachy ließ nicht locker: »Hat er denn nie den leisesten Wunsch verspürt, in die Kirche einzutreten?«

»Nein, Hochwürden, für Religion, egal welche, hat er nichts übrig.«

Vater Malachy knackte mit seinen steifer werdenden Fingerknöcheln und starrte von neuem die Vorhangleiste an.

»Vielleicht wird er, wenn er Ihr gutes Beispiel sieht, seine Ansichten eines Tages ändern. Sie machen sich keine Vorstellung, wie sehr es die Ungläubigen beeindruckt, uns Katholiken jeden Morgen zur Frühmesse gehen zu sehen.«

»Ich gehe nicht mehr zur Messe, Hochwürden ... nicht an Wochentagen.«

»Oh, aber sonntags gehen Sie doch noch?« fragte er lächelnd.

»Ja, Hochwürden.«

Vater Malachy setzte die Tasse an die Lippen, trank sie bis auf den Teesatz leer und stellte die klirrende Tasse mitsamt der Untertasse auf die Anrichte.

»Die Epistel letzten Sonntag war prima, nicht wahr? St. Paulus trifft den Nagel immer auf den Kopf.«

»Gewiß. In der Kanne ist noch Tee«, sagte sie und richtete den Schnabel auf ihn wie eine Duellierpistole.

»Nein danke, ich hatte wirklich genug«, sagte er und durchwühlte, im Sessel rückend, seine Taschen nach Zigaretten. Währenddessen veranstaltete er mit seinem künstlichen Gebiß ein hohl klapperndes Geräusch. Er holte eine filterlose Sorte hervor, die er seit seinen Studententagen im Priesterseminar geraucht hatte – eine Sorte, die Mary außer im Urlaub in der Republik nie gesehen hatte. Er steckte sich eine an, und während er den Rauch einsog, entfernte er mit Zeigefinger und Daumen einige Krümel Tabak von der Zunge.

»Kein Nachwuchs mehr unterwegs?« fragte er plötzlich, als setzte er irgendeinen abgerissenen Gedanken fort.

»Nein, Hochwürden, warum? Sollte das denn sein?«

»Nein ... nein«, sagte er leichthin.

»Alle unsere Kinder waren Wunschkinder. Deirdre war ein Aus ... Deirdre war ein Ausrutscher.«

Durch das Dreieck, das er mit den Fingern bildete, blickte Vater Malachy sie fast lächelnd an.

»Wir folgen der Knaus-Ogino-Methode, Hochwürden. Die erlaubt die Kirche doch, oder?«

»Ich will Sie nicht aushorchen, Mary. Ich kenne Sie leidlich gut, und ich weiß um die Schwierigkeiten, besonders wenn man mit einem Mann verheiratet ist, der keinen ... nun ja, sagen wir, der mit der Kirche nicht übereinstimmt.«

»Was weiß denn die Kirche schon vom Sex? Das können die doch gar nicht beurteilen!«

»Wenigstens können wir sachlich damit umgehen.«

Mary wollte sich nicht weiter darauf einlassen und entgegnete nichts. Der Nachmittag verging unter lastendem Schweigen. Während der Gesprächspausen dachte sie sich immer neue Arbeiten aus, die es in der Küche zu erledigen gab, und als ihr keine Haushaltspflichten mehr einfielen, entschuldigte sie sich und ging einfach so hinaus, kreuzte die Arme, lehnte sich an den Spültisch und verdrehte die Augen zum Himmel.

Mit einemmal besann sie sich auf die Kinder im Obergeschoß. Sie wußte, sie waren zu leise. Sie teilte ihren Verdacht Vater Malachy mit, dann öffnete sie die Tür und rief: »Was treibt ihr zwei da oben?«

Sie neigte den Kopf zur Seite und wartete auf eine Antwort. Patricias Stimme scholl vernehmlich zur Treppe herab:

»Wir haben dein Uhrenetui mit den Pillen gefunden.«

Mary stürzte hinaus und schlug die Tür hinter sich zu. Nach einigen Minuten kam sie, Deirdre auf dem Arm, mit hochrotem Kopf zurück. Patricias Geschrei gellte ihnen noch lange in den Ohren. Vater Malachy, der breit lachte, wobei er sein künstliches Gebiß entblößte, meinte: »Kinder gehen einem manchmal ganz schön auf den Wecker.«

Er beugte sich vor und versuchte Deirdre unter dem Kinn zu kraulen, doch die zog eine Grimasse und verbarg ihren Kopf unter Marys Arm.

»Wann wird denn die junge Dame zu den Nonnen gehen?« fragte er mit einer Babystimme, die ihm nicht zu Gesicht stand.

»Sie ist doch erst zwei! Sprechen Sie mir nicht von den Nonnen!«

»Ich mag sie ja auch nicht, aber immerhin haben sie Sie gründlich im Glauben unterwiesen. Davon zehren Sie jetzt noch. Ihre Mutter und Ihr Vater, Gott hab' sie selig, haben Ihnen eine solide Grundlage mitgegeben, auf der sie aufbauen konnten. Deswegen sind Sie so gefestigt und können bestehen, Mary.«

»Ich weiß, Hochwürden, mir ist ja auch nicht ihre Glaubenslehre verhaßt, sondern nur die Art, wie sie in allem herumschnüffelten.«

Dann erzählte sie ihm, wie Schwester Benedict in einer einzigen Mathestunde die soziale Stellung sämtlicher Mädchen in ihrer Klasse herausgefunden hatte. Sie hatte ihnen Rechenaufgaben gestellt: Wie lange braucht ein Mädchen bei einem bestimmten Arbeitstempo, um ein Haus von 105 m^2 Wohnfläche sauberzumachen? Aufgezeigt, welche Mädchen in einem Einzelhaus, in einem Doppelhaus oder in einem Reihenhaus wohnen! Wie viele Mädchen haben Dienstmädchen, die beim Reinemachen helfen? Eine andere Aufgabe – zu berechnen war der Kraftstoffverbrauch pro hundert Kilometer – endete mit der Einteilung der Mädchen in solche mit und solche ohne Auto. Wenn die Familie ein Auto besaß, was für eine Marke war es? Ein Rolls-Royce, Jaguar, Ford, Austin oder was? Schwester Benedict war ein Pfundskerl. Seit dieser Stunde hatten die Streitereien in der Klasse einen anderen Verlauf genommen.

Vater Malachy lachte, hob abwehrend die Hände und sagte: »Großmut, Mary, Großmut!«

Mit ihrem Gefühlsausbruch hatte sich Mary ein wenig verausgabt, und wieder folgte eine Phase des Schweigens. Sie war froh, daß sie Deirdre auf den Knien hatte, weil sie ihr dann vorsingen und Babysprache benutzen konnte, um die Pausen zu überbrücken. Dann erklärte sie Vater Malachy, daß das Kind nachmittags gewöhnlich ein kurzes Schläfchen halte. Als sie oben war und es gerade ins Bett legte, hörte sie, wie die Haustür schlug.

»Wer ist da?« rief sie.

Es waren die Buben.

Patricia war in den Garten gegangen, um dort vor sich hinzuschmollen.

Das Geflüster und Gemurmel der Jungen in der Diele war schon wieder zu leise für Marys Geschmack. Sie lehnte sich über das Geländer und sah hinunter. Die beiden Jungen kauerten auf dem Teppichboden und durchstöberten Vater Malachys Koffer, der geöffnet vor ihnen lag. Mary stürmte die Treppe hinunter und zischte mit vor Wut gepreßter Stimme: »Fort mit euch, ihr neugierigen Lümmel!«

Mit ihrer knochigen Hand verpaßte sie Rodney eine derbe Kopfnuß, aber John war schon ausgerissen, noch bevor sie ausholen und auch ihm eine kleben konnte. Rodney rannte davon, von einem Schrei, der noch keinen Ton gefunden hatte, stand ihm der Mund weit offen. Sie warf die Tür hinter ihnen zu und hockte sich hin, um den Koffer zu schließen. Endlos lange hingekauert, spähte sie in den Koffer in der ängstlichen Erwartung, daß sich die Tür jeden Augenblick öffnen werde. Ein graubraun gestreifter Schlafanzug, noch altmodischer als der, den ihr Vater zu Lebzeiten getragen hatte, lange, cremefarbene Hemdhosen aus Wolle, eine Dose Puder zum Säubern des Gebisses, ein Glas mit gelben Kapseln, eine Handvoll Marienbilder, auf denen, wie ein loser Haufen Münzen, nur die goldenen Heiligenscheine Licht auf sich zogen. Sie lüpfte die Unterwäsche und versuchte, darunter zu linsen, ohne ihre Lage zu verändern. Ein Brevier und ein Taschenbuch-Krimi. Sie zog die elastische Seitentasche auseinander, sah aber nichts als eine alte Zigarette, ein dürrer weißer Bogen. Daraufhin legte sie die Kleidungsstücke alle wieder so hin, wie sie ihrer

Meinung nach gelegen hatten. Sie wurde sich eines pochenden Blutergusses unter ihrem Ehering bewußt. Damit hatte sie Rodneys aufs Hinterhauptsbein geschlagen – für ein Vergehen, dessen sie sich jetzt selbst schuldig machte. Sie machte den Koffer zu und ließ, so leise sie konnte, das Schloß zuschnappen. Danach stand sie auf, strich die Falten ihres Kleides glatt und ging zu Vater Malachy hinein. Beim Laufen verspürte sie ein leichtes Zittern in den Knien.

Nach einer Weile fragte er sie: »Wann kommt Sam nach Hause?«

»Ach, das weiß man bei Sam nie so genau.« Dann fügte sie hinzu: »Ich nehme an, Sie werden wie immer bei Jimmy Brankin vorbeischauen, Hochwürden?«

Es dauerte lange, bevor er antwortete.

»Der arme Jimmy ist gestorben, Gott hab' ihn selig.« Darauf zog er die Mundwinkel zu einem Fischmaul herab. Sein Gesicht schien zerbröckeln und einstürzen zu wollen, aber mit den Handflächen rieb er sich kräftig die Wangen und hinderte sich so am Weinen.

»Oh, das wußte ich nicht«, sagte Mary, und ihr Mund verharrte in der Oh-Stellung. Er schien sie nicht zu hören, sondern sprach weiter.

»Im Dezember. Es war aber auch dumm von ihm, auf seine alten Tage Junggeselle zu bleiben, wo er doch die Wahl hatte. Frau und Kinder schaffen eine warme Atmosphäre. Und nun ist er nicht mehr.«

Wieder rieb er sich heftig die Wangen, so daß seine Aussprache ganz undeutlich wurde. Mary hörte ihn davon reden, wie schwierig es sei, neue Freunde zu finden. Sie wurde verlegen und ging nach vorn, um den Herd zu fegen. Ohne ihn anzublicken, versuchte sie ihn mit den Worten zu trösten: »Aber Sie sind doch fromm. Wie steht's mit Gott?«

»Der Geist bietet wenig Trost, wenig Trost.«

Daraufhin sprang er überraschend behende auf und sagte: »Ich muß zum Markt nach Smithfield, bevor er schließt. Ohne einen Besuch in Smithfield ist Belfast keine Reise wert.«

Er beugte sich nach hinten, um seine steifen Knochen zu strecken, denn seit er gekommen war, hatte er sich nicht einmal aus seinem Lehnstuhl erhoben. Mary folgte ihm in die Diele. Als er seinen Koffer anhob, hörte sie, wie der Griff knarrte. Er drückte die Türklinke nieder und streckte Mary die Hand entgegen:

»Auf Wiedersehen, Mary, so Gott will, sehe ich Sie nächstes Jahr wieder!«

»Aber wo wollen Sie denn übernachten, jetzt wo Jimmy ...?«

»Ich kenne ein gutes Hotel in der Universitätsstraße. Mein Kurat hat dort schon übernachtet ...«

»Das kommt gar nicht in Frage«, sagte Mary scharf. »Sie übernachten bei uns im Gästezimmer.«

Er weigerte sich und brummte noch eine Weile vor sich hin, aber dann ließ er ruhig zu, daß Mary ihm den Koffer wieder abnahm.

»Aber ich werde trotzdem erst noch einmal in die Stadt fahren. Sie können Sam ja Bescheid sagen, bevor ich zurückkomme. Gott segne Sie!«

Er wandte sich schon zum Gehen, da fiel ihm noch etwas ein. Er vergrub seine Hand in der Hosentasche.

»Hier sind ein paar kleine Medaillen, die ich aus Lourdes

bekommen habe. Sie können sie den Kindern ans Unterhemd anstecken.«

Er sagte dies in einem Tonfall, der den Wert des Geschenks, das er ihr in die Hand drückte, schmälern sollte.

»Aber das ist doch nicht nötig, das ist wirklich nicht nötig!«

Als er fortging, winkte er über die Schulter hinweg.

»Das bißchen Religion wird den Kindern schon nicht schaden.«

Mary schloß die Tür und seufzte vor sich hin: »O Jesses, Sam!« Dann stellte sie den Koffer in die Nische unter der Treppe. Sie ging ins Vorderzimmer und legte die Medaillen, die für Metall fast zu leicht waren, auf den Kaminsims. Sie räumte das Teegeschirr weg und wusch ab. Wieder im Vorderzimmer, blieb sie einen Augenblick vor dem Kamin stehen, dann fegte sie so, wie sie Sam beim Pokerspiel die Poule hatte einstreichen sehen, die Medaillen vom Gesimse und steckte sie in ihre Handtasche, wo niemand sie sehen würde.

Ein fröhlicher Geburtstag

Sammy rückte vor dem Spiegel seine Krawatte zurecht und schlug die durchgescheuerten Manschetten seiner Hemdsärmel um. Er pfiff ein paar Takte irgendeiner Melodie, aber wie er auch den Mund verzog, es ließ sich nicht übersehen, daß ihm ein paar kupferfarbene Haare um die Mundwinkel entgangen waren. Er holte sein Rasiermesser wieder hervor und tauchte es in den Becher mit dem inzwischen lauwarm gewordenen Wasser. Er öffnete den Mund, als wollte er gähnen, und schnippelte die restlichen Stoppeln ab. Anschließend kämmte er sich die Haare; den Scheitel setzte er seitlich so niedrig an, daß wenigstens die Hälfte seiner Glatze bedeckt war. Dabei sang er laut. Seine Mutter rief von der Küche herüber: »Du bist ja heute wieder ganz schön aufgekratzt.«

Sammy trug seinen Becher in die Küche, hielt ihn seiner Mutter hin und sagte: »Magste 'ne schöne Tasse warme Haare, Ma?«

Sie verzog das Gesicht, und als er die Haare in den Ausguß schüttete, schimpfte sie ihn einen Schmutzfink.

»Warum soll ich auch nicht aufgekratzt sein?« fragte Sammy. »Immerhin bin ich heute fünfzig geworden, und außerdem gibt's Stempelgeld.« Seine Mutter wischte sich nervös die Hände an der Schürze ab.

»Trink nur nicht, mein Junge, tu mir den Gefallen.« Sammy sagte, er werde nicht trinken.

»Versprich's mir«, sagte sie, und er nickte, wobei er vor dem Küchenspiegel erneut versuchte, seine Haare gleichmäßiger über der Kopfhaut zu verteilen.

»Hast du vielleicht Fahrgeld, Ma?«

»Wozu hast du denn Beine?« fragte sie. Sammy mußte sich tief bücken, als er versuchte, den Himmel über der Hofmauer zu erspähen.

»Es sieht mir sehr nach Regen aus«, sagte er. Seine Mutter schlurfte in die Stube.

»Wo ist mein Geldbeutel?« fragte sie und langte nach ihrer Handtasche in der Ecke. »Du glaubst wohl, ich hab' Geld wie Heu, was? Wenn du hier bist, komm' ich mit der Rente nicht lange hin.« Sammy ließ die beiden Schillingstücke in die Tasche gleiten und sagte, er werde sie ihr zurückgeben, sobald er sein Geld bekommen habe.

»Die Leier kenn' ich«, sagte seine Mutter. Sammy ging aus dem Haus und spazierte gemächlich in die Stadt.

Unterwegs kehrte er bei Forsythe's ein und kaufte vier Zigaretten. Das Mädchen rollte sie ihm über die Theke zu, und er vergewisserte sich, daß es die richtige Marke war. Er bat um eine leere Schachtel, und das Mädchen kramte unter der Theke eine hervor und legte die Zigaretten hinein. Zufrieden tätschelte Sammy sie in seiner Hosentasche. Auf der Straße bat er einen Mann um Feuer und nahm einen tiefen Zug – die erste Zigarette des Tages. Er kam eine halbe Stunde vor dem Stempelgehen in der Stadt an und ging in die Bücherei, um die Zeitungen durchzublättern. Wieder nichts als mörderische Explosionen und Raubüberfälle. Es mußte etwas geschehen. Die IRA konnte frei herumlaufen, ohne daß auch nur einer Mäh sagte. *Irgend etwas* mußte geschehen. Gegen fünf vor elf machte er sich auf den Weg zum Arbeitsamt. Dieselbe blöde Ziege gab wieder das Geld aus. Als er sein Geldbündel erhielt, schälte er zwei Pfundnoten für seine Mutter heraus und steckte sie zur Verwahrung in die Brusttasche. Dann ging er in die Kneipe, wo alle seine Kumpel waren, wie er wußte.

Als Sammy wieder ins Freie trat, traf ihn das grelle Sonnenlicht wie ein Schlag. Wie er so die Straße entlangging, schienen die Mauern auf ihn zuzukommen und ihn heimlich anzustoßen. Die Leute machten absichtlich irgendwelche Schlenker, um ihm in die Quere zu kommen. Der Busfahrer lächelte ihn grundlos an, und als er ein Lied gesungen hatte, klatschten ihm einige junge Leute Beifall. Er stieg aus, und am Haupteingang kam er an einer Reihe Soldaten vorbei. Vor dem letzten baute er sich auf, legte ihm die Hand auf den Arm und sagte: »Jungs, ihr leistet prima Arbeit!«

»Wie?« fragte der Soldat.

»Ihr seid in Ordnung.« Als der Soldat sich vorbeugte, um besser hören zu können, zielte sein Gewehr mitten auf Sammys Brust.

»Wie?« fragte er.

»Laß gut sein«, sagte Sammy. Er ging durch das Tor in Richtung Ausstellungshalle. Eine Gruppe demonstrierender Studenten zog schweigend vorbei und schlängelte sich zwischen den Kuppeln hindurch. Sie trugen Transparente: ULSTER 71 – ALLES TÜNCHE und ENTLARVT 71. Sammy ging auf einen Langhaarigen zu und stoppte ihn mit der Hand. Er hielt ihn auf Armeslänge entfernt und blinzelte auf die Schriftzüge: WIR WOLLEN DIE WAHRHEIT: 40 000 ARBEITSLOSE. Sammy beugte sich weiter vor.

»Warum kapiert ihr bloß nicht?« Der Student wollte weitergehen. »Wer löhnt eigentlich eure Stipendien, he? Wenn so Typen wie ihr rummarschieren und Zoff machen, bringt das dem Land erst recht keine Arbeitsplätze.« Der erste Student hatte sich an ihm vorbeigeschoben, aber er redete einfach auf den nächsten in der Reihe ein.

»Ihr habt doch euer Lebtag noch nicht malocht. Ihr habt ja keinen Schimmer, wovon ihr redet. Bürgerrechte, meine Fresse! Warum geht ihr nicht in den Süden, wo ihr hingehört?« Von hinten kam ein Polizist herbei und führte ihn weg. Sammy ging an der Ausstellungshalle vorbei und fand das blaue Iglu des Bierzeltes. Er fingerte in seiner Brusttasche herum und fischte die beiden Pfundnoten heraus. Er bestellte noch mehr Stout, wie viele Gläser, wußte er nicht. Jetzt, wo er allein war, trank er zu jedem Glas Bier einen Whiskey. Nach einer Weile hörte er draußen vor dem Zelt ein schrilles Geschrei, und er ging hinaus, um nachzusehen, was los war.

In der Berg-und-Tal-Bahn saß eine Gruppe Mädchen. Sammy unterhielt sich mit dem Mann, der den Motor bediente, bis die Fahrt beendet war, dann bezahlte er den Eintritt und kletterte in eine Gondel, wobei ihm jemand von hinten nachhalf. Der Gehilfe legte den Bügel vor. Sammy rief den Mädchen, die gerade für eine weitere Runde zahlten, etwas zu, aber seine Worte kamen ganz schräg heraus. Klirrend und knirschend ruckte die Bahn an und begann sich langsam zu drehen. Sie wurde schneller und fing an auf und ab zu sausen. Der Lärm der Walzerfahrt schwoll an, aber jedesmal, wenn sie plötzlich bergab rasten, wurde er von den Quieksern der Mädchen noch übertönt. Sammy umklammerte krampfhaft den Bügel vor sich. Die nach oben gerichteten Gesichter der Zuschauer verschwammen vor seinen Augen. Dann öffnete er den Mund, und ihm kam alles hoch.

Die Leute unten kreischten, rannten davon und bedeckten ihre Köpfe. Eine Frau spannte rasch ihren Regenschirm auf. Die demonstrierenden Studenten suchten Schutz unter ihren Transparenten. Es sprühte aus ihm heraus wie die Funken eines Feuerrads. Eine Mischung aus Minestrone und Stout. Sprühte auf die bunten Kuppeln der Ausstellungshalle herab. Ausrufezeichen, Streifen gelbbrauner Vogelkacke sprenkelten die Zeltbahn. Spritzten von den Asphaltwegen, hinterließen dunkle Flecken auf dem Sonntagsstaat der Leute. Kinder glitten aus und stürzten. Der Schausteller und sein Kollege blieben die ganze Zeit über in ihrer Kabine. Die Leute fuchtelten wie wild mit den Armen und deuteten auf die kreisende Gestalt.

Die Walzerfahrt hielt an, und Sammys Mund stand immer noch offen. Als der Schausteller den Sicherheitsbügel zurückschob, mußte Sammy rülpsen, und der Schausteller sprang zur Seite. Während Sammy davontorkelte, meinte er zu seinem Kumpel: »An dem ist doch wahrhaftig nich' ein bißchen Kotze hängen geblieben.«

Und der andere erwiderte: »Da ist er vermutlich der einzige im ganzen Park.«

Sammy beschrieb einen großen Bogen und kam wieder vorbei. Seine Haarsträhne hing ihm übers Ohr, und seine Glatze glänzte. »Was gibt's denn hier zu sehen?« fragte er. Sein Ellbogen rutschte vom Tresen ab, und er rülpste wieder laut.

Der Schausteller wies mit dem Finger: »Siehste die

Kleene da drüben?« Sammy blickte auf den Finger, aber nicht in die angegebene Richtung. »Die sagt dir alles, waste wissen willst.«

Er drehte Sammy an den Schultern herum und schickte ihn in Richtung Informationskiosk. Als er dem Mädchen dieselbe Frage stellte, zählte sie ihm mit tausendfach erprobtem Geschick auf, was es alles zu sehen gab. Sammy schwankte, während er sie zwinkernd ansah, dann starrte er auf seine Zehen. Seine Finger angelten nach dem letzten Pfund.

»Danke«, sagte er. »Ich geh' erst mal einen trinken. Ich hab' nämlich heute Geburtstag.«

Geheimnisse

Er war gebeten worden, ihrem Ende beizuwohnen. Seine Großtante Mary hatte schon seit Tagen im Sterben gelegen, und das Haus hatte sich mit Verwandten gefüllt. Er war gerade von seiner Freundin weggegangen – sie hatten gemeinsam für die Abschlußprüfung gebüffelt – und nach Hause zurückgekehrt. Aus sämtlichen Räumen ergoß sich Licht auf den Rasen, und er fand eine entschlossene Geschäftigkeit vor, an der es in den letzten Tagen gemangelt hatte.

An der Schlafzimmertür kniete er nieder, um in die Gebete miteinzustimmen. Seine Knie stießen sich an der hölzernen Schwelle, und er rückte langsam auf den Teppichboden vor. Man versuchte, ihre Finger um ein Kruzifix zu falten, doch glitten sie immer wieder kraftlos ab. Seit er am Abend ausgegangen war, schien ihr Gesicht um die Hälfte geschrumpft zu sein. Man befeuchtete ihr das weiße Haar und strich es ihr aus der Stirn. Sie hatte die Augen geschlossen und rollte den Kopf von einer Seite zur andern. Die im Chor gesprochenen Gebete sollten die Laute übertönen, die aus der Tiefe ihrer Kehle aufstiegen. Jemand machte eine Bemerkung über ihre Zähne, und seine Mutter beugte sich über sie, sagte: »So ist's brav!« und nahm ihr das künstliche Gebiß aus dem Mund. Daraufhin schien ihre untere Gesichtshälfte einzufallen. Sie öffnete halb die Augen, konnte aber die Lider nicht weit genug anheben und entblößte lediglich weiße Halbmonde.

»Gegrüßet seist du, Maria, voll der Gnaden...« setzten die Gebete wieder ein. Um sich den Anblick zu ersparen, schlug er die Hände vors Gesicht; an seinen Händen konnte er den leisen Duft der Handcreme seiner Freundin wahrnehmen. Die tiefen Kehllaute, die seine Tante von sich gab, wurden ihm unerträglich. Es war, als wäre sie am Ertrinken. Sie hatte alle Würde verloren, die er an ihr gekannt hatte. Er erhob sich, bahnte sich einen Weg durch die kniende Gemeinde und lief in ihr Wohnzimmer, das vom selben Flur abging.

Er zitterte, er wußte nicht, ob vor Ärger oder vor Kummer. In ihrer hell erleuchteten, großen Wohnstube setzte er sich an den ovalen Tisch und wartete darauf, daß etwas geschähe. Auf dem Tisch stand eine Kristallvase mit Schwertlilien, die am Verblühen waren, weil sie nun schon seit mehr als einer Woche zu Bett lag. Er saß da und starrte die Blumen an. Sie welkten von den Spitzen her, die sich zierlich zusammenrollten, braun und säuberlich, ohne eine Spur zu hinterlassen. So starrte er sie lange an, bis er hörte, wie die Frauen im Nebenzimmer in Tränen ausbrachen.

Seine Tante war klein gewesen – wenn sie zu Tisch saß, überragte ihr Kopf den seinen nicht –, und jedes Jahr schien sie weiter zu schrumpfen. Ihre Haut war frisch, ihr Haar schlohweiß, gewellt und stets gewaschen. Sie trug keine Juwelen außer einem Kameering am Mittelfinger der rechten Hand und einem Goldmedaillon an einer Halskette. Das klassische weiße Profil auf dem Ring hatte sich fast ganz abgescheuert und war durchsichtig und undeutlich geworden. Der Ring war ihm aufgefallen, als sie ihm in seiner

Kindheit vorgelesen hatte. Anfangs waren es Märchen gewesen, dann, wie er älter wurde, Auszüge aus berühmten Romanen wie *Lorna Doone, Überredung* und *Wuthering Heights* oder ihre immer wieder von neuem vorgelesene Lieblingsstelle, Pips Zusammenkunft mit Miss Havisham aus den *Großen Erwartungen*. Sie nahm ihn immer zu sich auf den Schoß, schlang den Arm um ihn und drückte die jeweilige Buchseite mit der Hand flach. Wenn er sich langweilte, unterbrach er sie und fragte sie über den Ring aus. Immer wieder wollte er hören, wie ihre Großmutter ihr eine Brosche geschenkt und sie daraus den Ring habe anfertigen lassen. Er versuchte zurückzurechnen, wie alt der Ring wohl war. Hatte ihre Großmutter ihn von *ihrer* Großmutter bekommen? Wenn ja, was hatte sie damit angestellt? Dann schüttelte sie den Kopf und sagte: »Woher soll ich das wissen?« wobei sie ihren Finger als Lesezeichen benutzte.

»Sei nicht so neugierig«, sagte sie dann. »Wir wollen lieber mal sehen, wie die Geschichte weitergeht.«

Eines Tages saß sie in ihrem Zimmer und war gerade dabei, Zahlenkolonnen mit einem Federhalter in ein längliches, schmales Buch zu übertragen, als er zur Tür hereinkam. Sie blickte nicht auf, und als er sie ansprach, sagte sie nur: »Mm?« und schrieb weiter. Die Vase mit Schwertlilien, die auf dem ovalen Tisch stand, vibrierte beim Schreiben ein wenig.

»Was möchtest du denn?« Sie wischte die Federspitze am Löschpapier ab und blickte ihn über ihre Lesebrille hinweg an.

»Ich hab' mit Briefmarkensammeln angefangen, und Mama sagt, du hättest möglicherweise welche.«

»Ach, wirklich . . . ?«

Sie stand auf und ging zu dem hohen Sekretär aus Walnußholz, der in einer Nische stand. Von einem Regalbrett nahm sie ein kleines Schlüsseletui und steckte einen der Schlüssel ins Schloß. Als sie das Rouleau herunterzog, machte es ein ratschendes Geräusch wie von einer Metallschere. Die Schreibfläche war mit grünem Leder ausgelegt, das an den Ecken Eselsohren bekommen hatte. Der hintere Teil war in verschiedene Fächer aufgeteilt, die mit Papieren vollgestopft waren. Einige davon, nämlich Briefumschläge, waren in der Mitte mit Gummibändern stoßweise zusammengebunden. Daneben gab es Ansichtskarten, Rechnungen und Kassenbücher. Sie wies auf die Ansichtskarten.

»Da, die Briefmarken kannst du haben«, sagte sie. »Aber reiß sie nicht ab. Du mußt sie mit Dampf ablösen.«

Sie ging zu dem ovalen Tisch zurück und fuhr mit Schreiben fort. Er setzte sich auf die Armlehne des Sessels und schaute sich die Ansichtskarten an – Fackelumzüge in Lourdes, bräunliche Photos von irgendwelchen Innenstädten, vergilbte Schwarz-Weiß-Aufnahmen von Stränden mit verblichenen Hotels im Hintergrund. Dann drehte er sie um und begann die Briefmarken auszusortieren. Spanische mit einem Glatzkopf drauf, französische mit einem Gockelhahn, deutsche mit einer ulkigen, gezackten Schrift, einige italienische mit einem Beil und einem Ding, das aussah, wie das Kehrgerät eines Kaminfegers.

»Die sind ja toll«, sagte er. »Von denen hab' ich noch gar keine.«

»Sei nur schön vorsichtig, wenn du sie losmachst.«

»Kann ich sie mit runternehmen?«

»Ist deine Mutter da?«

»Ja.«

»Dann bring den Wasserkessel lieber herauf.«

Er ging hinunter in die Küche. Seine Mutter war im Damenzimmer und putzte das Silber. Er nahm den Kessel und die Schnur mit nach oben. Abgesehen von dem Geräusch, das seine Tante beim Eintauchen und Kratzen der Feder machte, herrschte Stille im Zimmer. Dieses ging nach hinten zum Obstgarten hinaus, und der Verkehrslärm der Hauptstraße drang nur gedämpft aus der Ferne herein. Als der Kessel sich erhitzte, gab er ein leises Zischen von sich, dann brodelte es, und aus der Tülle sprudelte leise der Dampf. In dem Dampfstrahl begannen sich die Karten leicht zu verbiegen, aber anscheinend beobachtete sie ihn gar nicht. Feucht geworden, lösten sich die Marken, und er legte sie auf eine Untertasse mit Wasser, um sie wieder zu glätten.

»Wer ist denn Bruder Benignus?« fragte er. Sie schien seine Frage überhört zu haben. Er fragte noch einmal, und sie blickte über ihre Brillengläser hinweg.

»Das war ein Freund von mir.«

Seine verschnörkelte Unterschrift tauchte immer wieder auf. Manchmal Bruder Benignus, manchmal nur Benignus und einmal Iggy.

»Lebt er noch?«

»Nein, er ist tot. Gib acht, daß noch genügend Wasser im Kessel ist.«

Als er sämtliche Marken abgelöst hatte, stellte er die Ansichtskarten wieder zusammen und legte sie ins Fach zurück. Gerade wollte er nach den Briefen greifen, doch bevor er sie berühren konnte, verwies ihn seine Tante, diesmal mit gestrenger Stimme.

»A-a-a«, drohte sie ihm mit dem Federhalter. »Nicht anfassen«, sagte sie und lächelte. »Alles andere schon, aber nicht dieses Fach!« Sie nahm ihre Schreibtätigkeit wieder auf.

Der Junge durchstöberte andere Papiere und stieß auf Photos. Auf einem war ein hübsches Mädchen zu sehen. Die Aufnahme war sehr altmodisch, aber er konnte wohl erkennen, daß es hübsch war. Das Bild bestand aus einem matten, braunen Oval auf einem weißen Viereck aus Pappe. An den Rändern war das Oval verschwommen. Das Mädchen auf dem Photo war jung und hatte tiefdunkles Haar, das straff nach hinten zurückgebürstet und auf dem Kopf wie ein Seil zusammengeknotet war, hochgewölbte Augenbrauen und eine gerade, schmale Nase. Der Mund lächelte ein wenig und doch auch wieder nicht – er sah aus wie ein Mund nach dem Lächeln. Ihre Augen blickten ihn an – dunkel, wissend und schön.

»Wer ist das?« fragte er.

»Warum? Was hältst du von ihr?«

»Sie ist in Ordnung.«

»Findest du sie schön?« Der Junge nickte.

»Das bin ich«, sagte sie. Der Junge war froh, daß er ihr im Austausch für die Briefmarken eine Freude bereiten konnte.

Es gab auch noch andere Photos, keine gestellten wie das von Tante Mary, sondern Schnappschüsse von Gruppen lachender Pfadfinderinnen mit einer kübelartigen Kopfbedeckung wie ein deutscher Stahlhelm und bis zu den

Knöcheln reichenden Mänteln. Nichts als winzige, in Kleider gehüllte Gesichter. Dann gab es noch ein Photo von einem jungen, zigaretterauchenden Mann, dessen Haare vom Wind alle in eine Richtung gekämmt wurden, im Hintergrund das Meer.

»Wer ist das da in der Uniform?«

»Ein Soldat«, erwiderte sie, ohne aufzusehen.

»Aha«, sagte der Junge. »Aber wer ist es?«

»Er war mit mir befreundet, bevor du geboren wurdest«, sagte sie. Dann fügte sie hinzu: »Riecht es nicht nach Essen? Nimm deine Marken und geh hinunter. Sei ein braver Junge!«

Der Junge schaute sich die Rückseite des Photos von dem Mann an und sah in schwarzer, krakeliger Schrift: »John, August '15, Ballintoye.«

»Ich dachte, das sei vielleicht Bruder Benignus«, sagte er. Sie blickte ihn an, ohne zu antworten.

»Ist dein Freund im Krieg gefallen?«

Zuerst verneinte sie, aber dann überlegte sie es sich noch einmal.

»Vielleicht«, sagte sie und lächelte. »Du bist viel zu neugierig. Wende deine Neugier andern Dingen zu und sieh mal nach, was es zum Abendessen gibt. Deine Mutter wird den Kessel gebrauchen können.« Sie ging zum Sekretär und half ihm beim Wegräumen der Photos. Dann schloß sie ab und legte die Schlüssel wieder auf das Regal.

»Bringst du mir mein Tablett hoch?«

Der Junge nickte und verließ das Zimmer.

Es war ein heller, sommerlicher Sonntagabend. Er saß über seinen Schulaufgaben, und seine Mutter, die einen ihrer periodischen Anfälle von Ordnungswut hatte, kauerte auf dem Teppich und räumte die Schubladen der Anrichte aus Mahagoni auf. Neben ihr lag ein Stapel kleingerissener Papierfetzen und sonstiger Abfälle, auf der anderen Seite nützliche Gegenstände, die sie behalten wollte. Der Junge hörte, wie die unterste Treppenstufe unter dem leichten Tritt Tante Marys knarrte. Diese klopfte an, steckte ihren Kopf zur Tür herein und sagte, sie sei auf dem Weg zur Andacht. Sie war mit ihrem guten Mantel und Hut angetan und streifte sich gerade den zweiten Handschuh über die Finger. Der Junge sah, wie sie vor dem Spiegel in der Diele stehenblieb und sich die Haare glattstrich. Seine Mutter reckte sich und schlug die Tür zu. Diese vibrierte, dann hörte er den tieferen Klang der zufallenden Haustür und die ersten Schritte auf der mit Kies bestreuten Zufahrt. Lange überlegte er sich, ob er wohl genug Zeit haben würde. Eine Andacht konnte zwischen zwanzig Minuten und einer dreiviertel Stunde dauern; es kam darauf an, wer sie hielt.

Es waren wohl zehn Minuten verstrichen, da ließ der Junge seine Schularbeiten liegen und begab sich nach oben in die Stube seiner Tante. Vor dem Sekretär blieb er zunächst unschlüssig stehen, dann griff er nach den Schlüsseln. Er mußte erst mehrere ausprobieren, bevor er den richtigen erwischte. Als er das Rouleau herunterzog, ratschte es wieder. Er tat so, als schaue er sich nur noch einmal die Ansichtskarten an, falls er irgendeine Postkarte übersehen haben sollte. Dann legte er sie zurück und langte nach einem Bündel Briefe. Das dicke Gummiband war alt, fast spröde, und als er es abstreifte, hinterließ es auf dem Stapel Briefe eine Druckstelle. Vorsichtig öffnete er einen Umschlag, entnahm ihm den brüchigen, khakifarbenen Brief und faltete ihn auseinander. Er begann folgendermaßen:

Meine liebste Mary,
ich bin so müde, daß ich Dir kaum schreiben kann. Fast den ganzen Tag habe ich damit zugebracht, Briefe zu zensieren (etwa 100 Meter von mir wird alle zwei Minuten eine Haubitze abgefeuert). Die Briefe sind herzzerreißend: Sie versuchen vergebens, etwas auszudrücken. Einige der Männer sind halbe, andere völlige Analphabeten. Ich weiß, sie empfinden ebensoviel wie wir, doch fehlen ihnen die Worte, es mitzuteilen. Es ist deine Aufgabe im Klassenzimmer, uns Schülergenerationen zu schenken, die gut lesen und schreiben können. Sie haben ...

Der Junge übersprang den Rest der Seite und ging zur nächsten über. Er las den letzten Absatz:

Mary, ich liebe dich wie je zuvor – erst recht jetzt, da wir nicht zusammensein können. Ich weiß nicht, was schlimmer ist: der Schmerz, den dieser Krieg mir zufügt, oder die Tatsache, daß wir getrennt sind. Herzliche Grüße an Brendan und die Lieben daheim.

Der Brief endete mit einer hingekritzelten Unterschrift, die wie die Johns aussah. Er faltete den Brief sorgfältig wieder so zusammen, wie er gewesen war, und schob ihn in seinen Umschlag. Dann öffnete er ein anderes Kuvert:

Meine Liebe,
das einzige, was mich vor dem Wahnsinn bewahrt, ist der Gedanke an Dich. Wenn ich einen Augenblick Zeit habe, öffne ich meine Erinnerungen an Dich und lese darin wie in einem aufgeschlagenen Buch. Deine langen schwarzen Haare – ich stelle mir immer vor, daß Du die Bluse mit den winzigen Röschen trägst, die weiße, die man hinten knöpft –, Deine Augen, die ohne Worte so beredt sind, die Art, wie Du den Kopf senktest, wenn ich irgend etwas sagte, was Dich verlegen machte, und Dein reiner Nacken.

Woran ich mich am meisten erinnere, ist der Tag, an dem wir das Vorgebirge von Ballycastle bestiegen. In einer Senke – windgeschützt, die Luft voll Blütenstaub, das Summen der Insekten, das warme, trockene Gras – lagst du mit gelöstem Haar neben mir, zwischen mir und der Sonne. Du erinnerst Dich an unsern ersten Kuß, an den ungläubigen Blick in Deinen Augen, der mich so lachen machte.

Wenn ich sehe, wie ich allein bis zu den Schenkeln im Schlamm stecke und diese Erinnerungen auskoste, muß ich über mich selbst lachen. Überall Schlamm, bis zu einem Meter tief. Wenn man zehn Meter läuft, gerät man ganz außer Atem.

Ich habe heute keine Zeit mehr zu schreiben. Ich verabschiede mich mit den Füßen im Dreck und mit dem Kopf in den Wolken.

Ich liebe Dich, John.

Er machte sich nicht die Mühe, den Brief wieder in den Umschlag zu stecken, sondern öffnete einen anderen.

Meine Liebste,
mir ist so kalt, daß es mir schwerfällt, beim Schreiben meine Hand ruhig zu halten.

Erinnerst Du Dich daran, wie die zwei Finger Deiner Hand beim Schwimmen vor lauter Kälte ganz wächsern wurden? So ist mein ganzer Körper. Seit fast vier Tagen habe ich kein Gefühl mehr in den Füßen oder Beinen. Alles ist erfroren. Der Boden ist hart wie Stahl.

Verzeih mir, wenn ich Dir davon schreibe, aber ich glaube, ich muß mich jemandem mitteilen. Das Schlimmste sind die Toten. Sie sitzen oder liegen erfroren in derselben Position da, in der sie starben. Von den Lebenden kannst Du sie nur daran unterscheiden, daß ihre Gesichter schieferfarben sind. Gott schütze uns, wenn das Tauwetter kommt ... Der Krieg beginnt seine Wirkung zu zeigen. Mir sind jegliche Gefühle abhanden gekommen. Das einzige, was ich in letzter Zeit überhaupt noch verspüre, ist nackter Zorn, zitternde Weißglut. Für die Toten und Verwundeten habe ich weder Mitleid noch Bedauern übrig. Ich danke Gott dafür, daß ich verschont worden bin, aber es macht mich wütend, daß es sie erwischen mußte. Falls ich diese Erfahrungen überlebe, werde ich ein anderer geworden sein.

Das einzige, was Dauer hat, ist meine Liebe zu Dir.

Heute starb ein Mann direkt neben mir. Ein Granatsplitter hatte seinen Hals durchschlagen, als wir beim Vorrücken unter Beschuß genommen wurden. Ich zog ihn in einen Bombentrichter und blieb bei ihm, bis er starb. Ich mußte mitansehen, wie er an seinem Blut erst erstickte und dann darin ertrank.

Ich glühe vor Zorn, doch findet dieser keinen Adressaten.

Er durchstöberte den ganzen Stapel und las einige Briefe zur Hälfte, andere ganz. Die Sonne war gesunken und schien direkt ins Zimmer herein; ihre Lichtstrahlen fielen auf die Seiten, die er gerade las, und ließen das Papier aufleuchten. Er nahm einen Brief vom Ende des Stoßes und beschattete ihn beim Lesen mit der Hand.

Liebste Mary,
ich schreibe dir von meinem Bett im Lazarett. Ich hoffe, Du warst nicht allzu besorgt, weil Du nichts von mir gehört hast. Ich bin, wie man mir sagt, seit zwei Wochen hier und habe mich erst jetzt dazu durchringen können, Dir diesen Brief zu schreiben.

Seit ich hier liege, habe ich lange über den Krieg und über Dich und mich nachgedacht. Ich weiß nicht, wie ich es Dir beibringen soll, aber ich habe das tiefe Empfinden, daß ich etwas tun muß, ein Opfer bringen muß, um die Schrecknisse des vergangenen Jahres wiedergutzumachen. Durch das Gemetzel hat Christus auf merkwürdige Weise zu mir gesprochen . . .

Plötzlich vernahm der Junge das Knarren der Stiege. Hastig versuchte er, den Brief wieder ins Kuvert zu stecken, aber er zerknitterte und wollte nicht hineingehen. Er bündelte die Briefe. Schon hörte er das vertraute Schnaufen seiner Tante auf der kurzen Treppe, die zu ihrer Stube führte. Mit den Fingern spreizte er das Gummiband auseinander. Es zerriß, und die Briefe fielen alle durcheinander. Er stopfte sie ins Fach und schloß geschwind das Rouleau. Das Messing ratschte laut und schnappte zu. In diesem Augenblick trat seine Tante ein.

»Junge, was tust du da?« fuhr sie ihn an.

»Nichts.« Er stand da mit den Schlüsseln in der Hand. Sie ging zum Sekretär und öffnete. Ein Gewirr von Briefen quoll ihr entgegen.

»Du hast meine Briefe gelesen«, sagte sie leise mit verkniffenem Mund, aber ihre Augen flammten auf. Der Junge wußte nichts zu entgegnen. Sie versetzte ihm eine Ohrfeige.

»Hinaus!« sagte sie. »Verlaß auf der Stelle dieses Zimmer.«

Beim Hinausgehen legte der Junge die Schlüssel auf den Tisch. Seine Wange brannte und war gerötet. Als er die Tür erreichte, rief sie seinen Namen. Er hielt inne, die Hand auf der Klinke.

»Du bist ein Dreckskerl«, zischte sie, »und du wirst stets einer bleiben. Das werde ich dir bis zur Stunde meines Todes nicht vergessen.«

Obwohl der Abend lau war, brannte im großen Kamin ein Feuer. Seine Mutter hatte ihn gebeten, ein Feuer zu entfachen, damit sie Tante Marys Habseligkeiten aussortieren konnte. Danach könne er ihr Zimmer als Arbeitszimmer benutzen. Sie kam herein, und als sie ihn am Tisch sitzen sah, sagte sie: »Ich störe dich hoffentlich nicht?«

»Nein.«

Sie holte den Schlüssel aus der Tasche, öffnete den Sekretär und fing an, Papiere und Karten zu verbrennen. Auf jedes Stück warf sie erst einen flüchtigen Blick, bevor sie es ins Feuer schnippte.

»Wer war Bruder Benignus?« fragte er.

Seine Mutter unterbrach ihre Arbeit und sagte: »Ich weiß nicht. Deine Tante war sehr reserviert. Gelegentlich erhielt sie mit der Post Bücher von ihm. Mehr weiß ich auch nicht.«

Sie fuhr fort, Karten zu verbrennen. Diese lösten sich in einzelne Schichten auf, rotglühend und schwarz. Hin und wieder stocherte sie mit dem Schüreisen in dem Stoß herum und sandte einen Funkenregen zum Schornstein auf. Er sah, wie sie sich die Briefe vornahm. Sie streifte ein Gummiband ab, legte es auf die Seite mit den nützlichen Gegenständen und begann die Umschläge den Flammen zu überantworten. Einen einzigen öffnete sie und überflog den Inhalt, dann warf sie auch ihn auf den brennenden Stapel.

»Mama«, sagte er.

»Ja?«

»Hat Tante Mary irgend etwas über mich gesagt?«

»Wie meinst du?«

»Bevor sie starb – hat sie da irgend etwas gesagt?«

»Nicht daß ich wüßte – die Arme war viel zu geschwächt, um noch zu sprechen – Gott schenke ihrer Seele Frieden.«

Sie fuhr mit ihrer Verbrennungsaktion fort und lüpfte die Briefe an den Ecken mit dem Feuerhaken, damit die Flammen neue Nahrung fänden.

Als er einen Kloß in der Kehle verspürte, ließ er den Kopf auf seine Bücher sinken. Zum erstenmal seit ihrem Tod traten ihm Tränen in die Augen, und in seine Armbeuge hinein weinte er leise um die Frau, die seine jüngferliche Tante gewesen war, seine Geschichtenerzählerin: daß sie ihm verzeihen möge.

Der wundersame Prüfling

Im Alter von vierzehn Jahren begann John sich Sorgen um die Auswirkungen seiner Frömmigkeit zu machen. Zunächst verspürte er nur ein prickelndes, schmerzhaftes Gefühl in den Handflächen und an den Fußsohlen. Doch eines Nachts stellte sich ein beunruhigenderes Symptom ein: Wie er inbrünstig den Schlaf herbeibetete, merkte er, daß er einen halben Meter über dem Bett schwebte – mit Bettzeug und allem Drum und Dran. Als er anderntags darüber nachdachte, tat er das Ganze als einen Traum oder als Hirngespinst seiner Prüfungsangst ab.

Am Tage seiner naturwissenschaftlichen Prüfung fühlte sich sein Magen so leer und flau an, als hätte er zum Frühstück Federn verspeist. Vor der Turnhalle fochten einige Jungen mit ihren neuen gelben Linealen oder saßen nur da und trommelten mit ihnen auf den Knien. Die Älteren, die die Reifeprüfung ablegten, standen in Gruppen herum und sahen alle sehr bleich aus. Nur einer drehte sich hin und wieder um und spuckte über die Schulter, um zu zeigen, wie einerlei ihm das alles war. John befühlte seine Prüfungskarte, die seine Großmutter ihm am Abend vorsorglich in die Innentasche geschoben hatte. Sie hatte ihm auch eine Heiliggeistmedaille unter den Rockaufschlag gesteckt, wo niemand sie sah, ihm seinen Blazer übergezogen und abgebürstet. Ausgefragt hatte sie ihn, worum es denn in den Naturwissenschaften überhaupt gehe, und als John es ihr auseinanderzusetzen versuchte, war sie ihm ins Wort gefallen: »Wenn du mit der Feder genauso geschwätzig bist wie mit dem Mund, wirst du's schon schaffen.«

Einer der Oberkläßler sagte, es sei nun schon fast halb, und alles drängelte zur Turnhallentür. Für den Fall, daß John seine Mittelstufenprüfung bestand, war ihm eine Uhr versprochen worden.

Die Tür wurde geöffnet, und einer nach dem andern begaben sie sich leise an ihre Plätze. Johns Pult befand sich am hinteren Ende der Halle; in der oberen rechten Ecke stand mit Kreide seine Prüfungsnummer geschrieben. Er setzte sich hin, zog seinen Füllfederhalter hervor und legte ihn in die Vertiefung. Auf jedem Pult gab es ein offenes Loch für das Tintenfaß. Während der Matheprüfung hatte sich einer der Schüler schräg gegenüber, der keine einzige Frage zu beantworten wußte, mit Kugelschreiber ein Gesicht auf den Finger gemalt, diesen durch das Loch gesteckt und vor John auf und ab tanzen lassen. Es schien ihn nicht zu kümmern, ob er durchfiel oder nicht.

John saß da und betrachtete die Sprossenwände der Turnhalle. Der aufsichtführende Lehrer hielt ein in braunes Packpapier eingewickeltes Paket in die Höhe und wies auf das unversehrte Siegel. Dann erbrach er es und riß geräuschvoll das Packpapier ab. Er hatte einen Klumpfuß, der in einer Art Stiefel steckte, welcher bei jedem Schritt knarrte. Sein Gesicht war bleich und voller Argwohn. Als hätte er jemanden auf frischer Tat ertappt, sprang er ständig wie von der Tarantel gestochen auf, wobei er sich die Haarsträhnen aus der Stirn schleuderte. Wenn er den Tee und die Kekse zu sich nahm, die man ihm um elf Uhr vor die Tür stellte, schossen seine Blicke immerfort im Raum umher. John fiel auf, daß er »manschte« – ein Ausdruck, den seine Großmutter verwendete, wenn jemand noch während des Kauens Tee schlürfte. Beim Lesen hielt er die Zeitung nie hoch, sondern legte sie flach aufs Katheder, stellte sich mit aufgestützten Ellbogen hin und balancierte seinen großen Stiefel auf der Zehenspitze, um ihn nicht zu belasten.

»Falls du ihm mal begegnest: Den Teufel erkennt man an seinem gespaltenen Huf«, hatte ihm seine Oma beigebracht. Fromme Frau, die sie war, hatte sie es sich zur Angewohnheit gemacht, ihm jeden Sonntag aus dem Leben der Heiligen vorzulesen, wobei er sich ihr zu Füßen setzen mußte. Während sie vorlas, ließ sie ihre Brillengläser bis zur Nasenspitze vorrutschen und schielte ihn hin und wieder an, um zu sehen, ob er ihr auch noch zuhörte. Am Kinn hatte sie ein Muttermal, aus dem ein Haar von der Größe einer Uhrfeder hervorsproß. Sie las in einem ernsten Tonfall, der ganz anders anmutete als ihre normale Stimme, und bevor sie mit zitternden Fingern die seidenpapierdünnen Seiten umblätterte, blies sie sie stets erst auseinander. Sie war tiefgläubig und wußte für jede Notlage einen eigenen Heiligen: »St. Blaise ist gut gegen Halsweh, und falls du mal etwas verlieren solltest, wird der hl. Antonius es schon wiederfinden.« Unter das Gnadenbild des Prager Jesuskindes legte sie immer ein Sixpencestück, weil sie sich dann nie mehr um ihr Auskommen zu sorgen brauchte. Den höchsten Rang aber nahm der hl. Joseph von Copertino ein. Für Prüfungen war er genau der richtige Mann. Oft las sie John aus seinem Leben vor.

»Setz dich nicht mit dem Rücken zum Feuer, oder dein

Knochenmark wird schmelzen«, und er veränderte seine Stellung zu ihren Füßen und lauschte gespannt.

Der hl. Joseph stand Gott so nahe, daß er beim Beten zuweilen vom Boden abhob. Oder er verfiel, wenn er Teller trug – denn er hatte es nur zum Tellerwäscher gebracht –, in einen heiligen Trancezustand und ließ sämtliche Teller auf dem gekachelten Fußboden zerschellen. Er wollte Priester werden, aber er war so einfältig, daß er aus der ganzen Bibel nur eine einzige Zeile auswendig wußte. Doch siehe da – und das war die schönste Stelle in der ganzen Geschichte –, als seine Prüfung heranrückte, bewirkte Gott, daß der Bischof ihn just nach der einen Zeile fragte, die er auswendig kannte, und er bestand die Prüfung mit Bravour. Wenn sie fertig gelesen hatte, sagte seine Oma immer: »Zu mehr taugte er nicht, Gott steh' ihm bei, als nur zu dieser einen Zeile.«

Der aufsichthabende Lehrer bewegte sich knarrend auf John zu und schnippte ihm ein rosa Prüfungsblatt aufs Pult. John fing es mit der Hand ab. Seine Augen huschten über die Zeilen und suchten nach vertrauten Fragen. Die Federn in seinem Magen wirbelten fast bis in seine Kehle auf. Panische Angst überwältigte ihn. Es gab keine einzige Frage – *nicht eine* –, über die er Bescheid wußte. Er versuchte sich zu beruhigen und konzentrierte sich auf die erste Frage:

Legen Sie das Newtonsche Gravitationsgesetz dar. Führen Sie Argumente für und gegen die These an, daß »ein Apfel nur deswegen auf die Erde fällt, statt daß die Erde auf den Apfel fällt, weil die Erde aufgrund ihrer größeren Masse eine größere Anziehungskraft ausübt«. Die Masse des Mondes beträgt ein Einundachtzigstel der Erdmasse und sein Radius ein Viertel des Erdradius. Wie hoch ist die Schwerebeschleunigung an seiner Oberfläche, wenn ...

Es hatte keinen Sinn. Er konnte sich nicht denken, was schiefgelaufen war. Das ganze Jahr lang war er Tag für Tag zur Messe und zur Kommunion gerannt und hatte die richtigen Fragen erfleht. Die ganze Familie hatte die richtigen Fragen erfleht. Was für eine Gegenleistung war das denn? Er unterdrückte den Gedanken, weil es vielleicht ... Gottes Wille war. Vielleicht brachte ihn eine Uhr vom Pfade der Tugend ab.

Er schaute sich nach den anderen Jungen um. Die meisten schrieben fieberhaft. Andere saßen da, lutschten am Füller oder kritzelten Männchen auf ihr Notizpapier. John sah auf die große Uhr, die man an den Sprossenwänden aufgehängt hatte: Der Minutenzeiger drehte sich langsam. Zwanzig Minuten waren bereits verstrichen, und noch immer hatte er nichts zu Papier gebracht. Er mußte etwas unternehmen.

Er schloß fest die Augen, preßte die geballten Fäuste gegen die Schläfen, befahl sich in Gottes Hand und begann zu beten. Die Stimme seiner Großmutter drang zu ihm: »Der Schutzheilige der Prüfungen. Bete zu ihm, wenn du völlig steckenbleibst.« Er besah sich seine feuchtglänzenden Handflächen und drückte sie gegen das Gesicht. Nunmehr bot er sein ganzes Wesen auf und konzentrierte es bis zur Weißglut. Alle seine guten Taten – in der Vergangenheit und in der Zukunft –, alle seine Gebete, seine gesamte Substanz konzentrierte er auf den Namen des Heiligen. Er kniff die Augen so fest zusammen, daß ihm die Ohren dröhnten. Seine Fingernägel gruben sich in seine Wangen.

Seine Lippen bewegten sich, und er murmelte: »Heiliger Joseph von Copertino, steh mir bei!«

Als er die Augen wieder öffnete, sah er, daß er auf irgendeine Weise über dem Pult schwebte. Nicht sehr hoch – er hatte etwa einen halben Meter abgehoben, und sein Körper befand sich noch immer in Sitzstellung. Der Aufsichtführende blickte von seiner Zeitung auf, und John versuchte sich wieder auf seinen Stuhl hinabzulassen. Aber er hatte seine Gliedmaßen nicht mehr unter Kontrolle. Rasch kam der Lehrer um sein Katheder herum mit knarrendem Stiefel über die Kokosmatten auf ihn zugelaufen.

»Was ist denn mit dir los?« zischte er ihn durch die Zähne an.

»Nichts«, flüsterte John. Er fühlte, wie er immer röter wurde, bis ihm vor Scham das Blut in den Schläfen hämmerte.

»Versuchst du etwa zu spicken?« Das Gesicht des Lehrers befand sich auf gleicher Höhe wie das des Jungen. »Du kannst ja jedes Wort sehen, das der Junge vor dir schreibt, oder?«

»Nein, Sir, ich versuche nicht zu...«, stammelte John. »Ich habe nur gebetet, und da...« Der Mann sah aus wie ein Protestant. Das Ministerium rekrutierte Lehrer aus anderen Schulen. Aus protestantischen Schulen. Das mit den Heiligen würde er gar nicht verstehen.

»Es ist mir ganz gleich, was du daherredest. Ich glaube, du wolltest abschreiben, und wenn du nicht auf der Stelle herunterkommst, muß ich dich von der Prüfung ausschließen.« Der kleine Mann lief ebenso rot an wie John.

»Ich kann aber nicht, Sir.«

»Wie du willst.« Der Lehrer schnalzte zornig mit der Zunge und hinkte knarrend zum Katheder zurück.

Erneut konzentrierte John sein ganzes Wesen und vereinigte es im Brennpunkt eines weißglühenden Gebets.

»Heiliger Joseph von Copertino. *Bitte, hilf mir runter.«* Doch es passierte nichts. Der aufsichtführende Lehrer hob den Manuskripthalter mit den Namen der Prüflinge hoch und ging wieder auf John zu. Einige Jungen in den hintersten Reihen hatten aufgehört zu schreiben und lachten. Der Lehrer blieb vor ihm stehen.

»Kommst du nun von dort oben herunter oder nicht?«

»Ich kann nicht.« John stiegen Tränen in die Augen.

»Dann muß ich dich auffordern, den Prüfungssaal zu verlassen.«

»Ich kann nicht«, sagte John.

Der Aufsichtführende lehnte sich vor und klopfte dem Jungen, der vor John saß, auf die Schulter.

»Gestattest du einen Augenblick?« fragte er und drehte den Antwortbogen des Jungen um. Während er sich abwandte, sann John fieberhaft auf einen Ausweg. Sein Gebet hatte nichts gefruchtet... vielleicht würde eine Sünde etwas ausrichten... Der Aufsichtführende wandte sich ihm wieder zu.

»Ich fordere dich zum letztenmal...«

»Ich scheiße auf den Papst«, sagte John, und sogleich plumpste er auf seinen Stuhl, wobei er sich an der Kante des Pults das Schienbein abschürfte.

»Wie bitte? Was hast du gesagt?« fragte der Lehrer.

»Nichts, Sir. Es ist alles wieder in Ordnung. Es tut mir leid, Sir.«

»Was ist bloß mit dir los, Junge?«

»Ich weiß die Antworten nicht, Sir – keine einzige.« John zeigte auf das Blatt. Der Lehrer wirbelte es mit dem Finger im Kreis herum.

»Daran hättest du einige Monate früher denken sollen...« Seine Worte verhallten. »Das tut mir aber leid. Warte mal einen Augenblick«, sagte er und humpelte eilends zu seinem Katheder. Er kam mit einem weißen Prüfungsblatt zurück, das er John hinlegte.

»Tut mir wirklich leid«, wiederholte er. »Das kann schon mal vorkommen.«

Zum erstenmal sah sich John auf dem rosa Blatt die Überschrift an. *Matura. Physik.* Jetzt las er sich hastig die Fragen auf dem weißen Blatt durch, das der Aufsichtführende ihm gebracht hatte. Da waren sie ja alle: Archimedes im Bade, die Eigenschaften von NaCl, die Allotropen des Schwefels, die Anatomie der Butterblume. Der Lehrer lächelte mit seinen schaufelartigen Zähnen.

»Kommst du damit besser zurecht?« fragte er. John nickte. »...und falls du mehr Zeit benötigst, um wieder aufzuholen, das geht in Ordnung.«

»Danke sehr, Sir«, sagte John. Der Aufseher ging neben ihm in die Hocke und flüsterte vertraulich:

»Dieses geringfügige Versehen wird doch wohl unter uns bleiben, nicht wahr...?« Er blickte auf sein Klemmbrett. »...Johnny?«

»Gewiß, Sir.«

Er gab John einen Klaps auf den Rücken und entfernte

sich knarrend über die Kokosmatten. John ließ den Kopf aufs Pult sinken und stieß ein Dankgebet an den hl. Joseph von Copertino hervor. Diesmal achtete er darauf, daß sich seine Inbrunst in Grenzen hielt.

Zwischen zwei Ufern

Es war dunkel, und er saß da, die Knie hochgezogen bis zum Kinn, in dem Bewußtsein, daß ihm eine lange Nacht bevorstand. Er war zu früh an der Fähre angekommen, und jetzt saß er allein in einer Sitzreihe und wünschte, er hätte irgendeine Zeitung oder Illustrierte mitgebracht. Aus der Tiefe des Schiffsbauches hörte er ein stampfendes Geräusch. Später veränderte er seine Haltung und streckte die Füße auf dem Boden aus.

Um etwas zu tun zu haben, öffnete er seinen Koffer und betrachtete erneut die Geschenke für die Kinder. Für den ältesten Jungen ein Farbkasten zum Ausmalen des »Lachenden Kavaliers«, für die drei Mädchen Puppen, die mit geschlossenen Augen waagrecht dalagen, eine blonde, eine rothaarige und eine brünette – um Streit darüber zu verhindern, wem welche gehörte. Außerdem hatte er ein Spiel Zauberkarten erstanden. Auch wenn er es sich nur ungern eingestand, hatte er diese für sich gekauft. Er stellte sich vor, wie er seinen ungläubig lachenden Vater nach dem Abendessen verblüffen würde: das ganze Kartenspiel würde er in die Pik-Sieben oder was auch immer verwandeln, einfach indem er es sachte antippte, wie der Verkäufer im Geschäft es ihm vorgemacht hatte.

Falls sich jemand neben ihn setzte, wären die Zauberkarten ein schöner Gesprächsanlaß, und so legte er sie in den Koffer oben auf seine Kleider. Er verschloß ihn wieder und ließ ihn vom Sitz rutschen, damit dieser frei wäre. Allmählich strömten in den Salon andere Fahrgäste, die sich mit schweren Koffern abschleppten. Als sie ihn in der Mitte der Reihe sitzen sahen, gingen sie weiter, um sich eine andere zu suchen. Ihre irische Klangfärbung empfand er als schrill und monoton.

Er steckte sich eine Zigarette an, und als er die Streichhölzer wieder in die Tasche schob, schlossen sich seine Finger um das Geschenk für seine Frau. Er holte es hervor, ein kleines Schmuckkästchen, schwarz mit gewölbtem Deckel. Als er diesen aufklappte, erblickte er wieder das Gold auf rotem Satin und fand es wunderschön. Ein Medaillon war etwas Dauerhaftes, etwas, das sie für immer aufbewahren konnte. Bei dieser Vorstellung drehte es ihm plötzlich den Magen um. Er versuchte sich den Gedanken aus dem Kopf zu schlagen, klappte die Schatulle wieder zu und steckte sie in die Brusttasche. Er stand auf und wollte gerade in die Bar gehen, als er sah, wie der Salon sich füllte. Es war Donnerstag, und der Osterbetrieb hatte bereits eingesetzt. Bis das Schiff abfuhr, würde er nicht von der Stelle weichen. Wenn er sich seinen Sitzplatz sicherte und ein paar Pints intus hatte, konnte er sich schlafen legen. Es würde eine lange Nacht werden.

Ein Ehepaar mittleren Alters ließ sich in der Sitzreihe nieder – die beiden hörten sich an, als seien sie aus Belfast. Später setzte sich ein altes Paar mit einem mongoloiden Mädchen ihm schräg gegenüber. Das Mädchen war wie alle Mongoloiden. Sein Alter war schwer zu bestimmen – zwischen zwanzig und dreißig. Er überlegte, ob er sich woanders hinsetzen sollte, fort von dem sabbernden, offenstehenden Mund und der schnabelartigen Nase. Aber damit hätte er die grauhaarigen Eltern gekränkt, es wäre zu offenkundig gewesen. So nickte er ihnen lächelnd zu und blieb sitzen.

Der Ton der hämmernden Schiffsmotoren hatte sich verändert, und langsam begannen die Lichter auf dem Landungssteg an ihm vorüberzuziehen. Der Sitz ihm gegenüber war nicht besetzt, und er versuchte seine Füße hochzulegen, doch waren sie zu kurz. Die Eltern führten ihre mongoloide Tochter hinaus, um »ihr zu zeigen, wie das große Schiff ausfährt«, und jetzt konnte er ruhig umhergehen. Er fand, es lief sich seltsam in dem fahrenden Schiff.

Er ging zur Bar, holte sich einen Pint Stout und nahm ihn mit hinaus an Deck. Jedesmal, wenn er die Überfahrt machte, verwunderte er sich darüber, daß sich das riesige Schiff aus der schmalen Fahrrinne steuern ließ – auf jeder Seite ganze dreißig Zentimeter Abstand. Dann die lange Wartezeit an den Schleusentoren. Im Innern der Schleuse war das Wasser glatt, nur vom Wind geriffelt – draußen sprangen und schlugen die Wellen schwarz und schiefergrau im Mondschein. Endlich kamen sie los, das Schiff schwenkte hinaus auf die offene See, ein Wind erhob sich und blies ihm um die Ohren. Es war kalt geworden, und er wandte sich zum Gehen. Auf einer kleinen Bank auf offenem Deck sah er, wie ein Mann seinen Schlafsack ausbreitete und hineinschlüpfte.

In der Bar trank er noch ein paar Pints. Er saß allein und drehte sein Glas. Um ihn herum saßen Männer und junge Burschen mit kurzen Haaren, offensichtlich britische Soldaten. Er dachte, wie geknickt sie sein mußten, daß sie

Ostern wieder nach Irland zurückmußten. Und da war ein hübsches Mädchen, das allein saß und las, zu ihren Füßen ein Rucksack. Sie sah aus wie eine Studentin. Er überlegte, wie er ein Gespräch mit ihr anknüpfen könnte. Seine Zauberkarten befanden sich im Koffer, und er hatte nichts bei sich. Sie schien sehr in ihr Buch vertieft, denn sie hob nicht einmal, wenn sie an ihrem Bier nippte, den Blick. Sie sah hübsch aus, schwarzes, zurückgebundenes Haar, große, dunkle Augen, die über die Zeilen wanderten. Er betrachtete ihren Wuchs, dann spürte er, wie er zurückschreckte, als hätte jemand direkt vor seinen Ohren eine Glocke geläutet und gerufen: »Unkeusch! Unrein!« Reden wollte er. Reden hielt ihn vom Denken ab. Wenn er allein war, fühlte er sich geängstigt und unsicher. Darauf schob er auch die Schuld an seinem Leiden.

Anfangs war London ein schrecklicher Ort gewesen. Tagsüber hatte er bis an den Rand der Erschöpfung gearbeitet. Wieder auf seiner Bude, wusch und rasierte er sich, und nach dem Abendessen schleppte er sich mit den anderen irischen Jungs in die Wirtschaft, nur um nicht zu Hause sitzen zu müssen. Er trank nur halb so schnell wie die andern und hatte, wenn die Sperrstunde nahte, immer noch volle Gläser vor sich stehen. Damit sie nicht umkamen, wurden sie unweigerlich von jemand anders geleert. Außer ihm waren alle betrunken und torkelten lärmend nach Hause, einige übergaben sich unterwegs an einer Giebelwand oder in einem Hauseingang. Um das nicht über sich ergehen lassen zu müssen, saß er abends manchmal in seinem Schlafzimmer, obwohl die Wirtin ihm erlaubt hatte, nach unten zu kommen und fernzusehen. Aber das hätte bedeutet, mit ihrem englischen Mann und ihrem furchtbaren Sohn zusammensitzen zu müssen. An solchen Abenden hatte er oft geglaubt, seine Uhr sei stehengeblieben, und sich gewünscht, er wäre ausgegangen.

Eines Abends war er mit einem Rettungswagen fortgeschafft worden, nachdem er den ganzen Tag über Schmerzen im Gedärm gehabt und sich erbrochen hatte. Als er wieder zu sich kam, hatte man ihm den Blinddarm herausgenommen. Der Mann im Nachbarbett war klein, dunkelhaarig und freundlich. Die anderen Patienten auf der Station hatten ihm den Spitznamen »Mephisto« beigelegt, weil er Stunden damit verbrachte, das Kreuzworträtsel in der *Times* zu lösen. Bisher hatte er noch keins abgeschlossen. Es war der kleine Mann gewesen, der ihn zuerst auf Schwester Mitchells Beine aufmerksam gemacht hatte: Wieder und wieder die Fäuste ballend, begeisterte er sich an ihrem kurzen Rock, an den schwarzen Nylonstrümpfen mit Naht. In Gedanken wanderte der kleine Mann weiter nach oben, und vor Entzücken verdrehte er die Augen.

In den folgenden Tagen seines Krankenhausaufenthalts verliebte er sich in Schwester Helen Mitchell. Als er sie nach ihrem seltsamen Akzent fragte, erwiderte sie ihm, sie stamme aus Neuseeland. Er wiegte sich in dem Glauben, daß sie ihm eine Art Vorzugsbehandlung angedeihen ließ. Sie pflegte ihn wieder gesund und ließ zu, daß er den Arm um sie legte, als er zum erstenmal aufstand. Er roch ihr Parfüm und fühlte ihren drallen Leib. Er war erstaunt, wie klein sie war, hatte er doch bis dahin immer nur zu ihr aufgeschaut. Sie paßte in seine Armbeuge wie eine Krücke. Vor seiner Entlassung kaufte er ihr im Krankenhausgeschäft ein

Geschenk, die größte Pralinenschachtel, die vorrätig war. Jedesmal, wenn sie an sein Bett trat, lag es ihm auf der Zunge, sie einzuladen, aber er brachte den Mut nicht auf. Als sie das Bett machte, hatte er die Frage umgangen und sich statt dessen erkundigt, was sie in ihrer Freizeit trieb. Sie hatte den Namen eines Lokals genannt, in dem sie und ihre Freundinnen trinken und zuweilen auch essen gingen.

Weihnachten war er zur Wiedergenesung für zwei Wochen nach Donegal zurückgekehrt, doch am ersten Abend nach seiner Rückkehr nach London ging er zu dem besagten Lokal, wo er allein vor sich hin trank. Am dritten Abend kam sie mit zwei anderen Mädchen zur Tür herein. Ihr Anblick ohne Tracht löste in ihm ein heftiges Verlangen aus, sie zu berühren. Ohne ihn an der Bar zu bemerken, setzten sie sich in eine Ecke. Nach einigen Gläsern Whiskey ging er zu ihnen hinüber. Fast erschrocken blickte sie auf. Er fing an zu reden: »Vielleicht erinnern Sie sich nicht mehr an mich ...«

»Aber ja doch«, sagte sie und legte ihm die Hand auf den Arm. Ihre beiden Freundinnen lächelten ihm zu, dann unterhielten sie sich wieder miteinander. Er sagte, er sei zufällig gerade in diesem Stadtteil, habe sich an den Namen des Lokals erinnert und hätte sie gern wiedergesehen. Sie bejahte und meinte, er sei doch der Mann, der ihr diese *riesige* Schachtel Pralinen gekauft habe. Ihre beiden Freundinnen lachten hinter vorgehaltener Hand. Er spendierte ihnen allen eine Runde. Und bestand auf einer weiteren. Sie sagte: »Es tut mir leid, aber ich habe Ihren Namen vergessen.« Er nannte ihn ihr, und sie machte ihn mit den anderen bekannt. Als die Polizeistunde heranrückte, nahm er sie abseits und fragte sie, ob sie einmal abends mit ihm essen gehen wolle, und sie sagte, ja, sehr gern.

Am Dienstag führte er sie aus, nachdem er sich sorgfältig rasiert und gekleidet hatte, und hinterher fuhren sie zu dem Apartment, das sie mit den anderen teilte. Als er ihr im Restaurant in den Mantel half und dabei wieder ihr Parfüm roch, war er ganz versessen auf sie, aber er wollte vorsichtig vorgehen und ja nichts überstürzen. Da sie jedoch keinen seiner Annäherungsversuche zurückwies, bestand zu Vorsicht keinerlei Veranlassung, und bevor er wußte, woran er war, glitt ihre Hand auch schon an seiner Narbe vorbei. Er hatte weder sich noch sie in der Gewalt. Als er sie berührte, war sie wie verwandelt. Sie biß seine Zunge und zerkratzte mit den Fingernägeln seine Haut. Da ihm die Schmerzen, die sie ihm zufügte, zu schaffen machten, war er davor gefeit, zu früh zu kommen und sich vor ihr bloßzustellen.

Hinterher gestand er ihr, daß er verheiratet sei, aber sie meinte, das sei ihr einerlei. Es verlangte sie eben beide danach. Er fragte sie, ob sie es mit vielen Männern getan habe.

»Mit vielen, vielen Männern«, antwortete sie, ihr neuseeländischer Akzent dünn und schneidend wie ein Messer. Wo die Gummibänder ihrer Unterwäsche gesessen hatten, war ihr Leib von Striemen bedeckt. Er fühlte sich verdrießlich und leer und wollte wieder zu seiner Bude fahren. Sie kleidete sich an – so gefiel sie ihm besser –, dann brühte sie Tee auf, und sie unterhielten sich wieder miteinander.

Während der nächsten Monate sah er sie oft, sie landeten immer auf dem Läufer vor dem elektrischen Herd, und jedesmal, wenn er seinen Samen verspritzt hatte, empfand er den Verlust als endgültig und unersetzlich.

Das Mädchen auf der anderen Seite der Bar erinnerte ihn an sie, die Art, wie sie in ihre Lektüre versunken war. Seine Schwester, wie er sie stets nannte, hatte versucht, ihn zum Bücherlesen zu zwingen, dabei hatte er doch in seinem ganzen Leben noch kein Buch gelesen. Ihr zuliebe hatte er einige angefangen, aber er konnte sie einfach nicht zu Ende lesen. Um ihr gefällig zu sein, log er sie an, bis sie ihn eines Tages fragte, was er von dem Schluß eines der Bücher hielt, die sie ihm gegeben hatte. Er fühlte sich beschämt wie ein Kind, weil er ertappt worden war.

Am Tisch gegenüber den Soldaten saßen einige junge Mädchen, fast noch Kinder, und tranken. Sie beäugten die Soldaten und kicherten in ihre Wodkagläser hinein. Sie hatten einen starken Belfaster Akzent. Die Soldaten wollten sich mit ihnen nicht abgeben. Schon vor ihnen waren Soldaten hinter Rockzipfeln hergelaufen und dabei draufgegangen oder ihr Leben lang Krüppel geblieben.

Ein alter Mann hatte sich eine gepolsterte Nische geschaffen und war dabei, seine Schuhe von sich zu schleudern und seine Füße auf seinen Koffer zu legen. Er hatte am Zeh ein Loch im Strumpf, und um es zu verdecken, legte er den anderen Fuß darüber. Er erinnerte sich daran, wie ihm ein alter Mann bei der ersten Überfahrt gesagt hatte, man müsse sich vor dem Schlafengehen die Schuhe ausziehen. Im Schlaf schwellen einem die Füße an, hatte er erklärt.

Der erste Abschied war der schlimmste gewesen. Obwohl er wußte, daß er in zwei oder drei Monaten wieder heimkommen würde, befürchtete er irgendwie, es sei für immer. Seit dem Morgengrauen war er auf den Beinen gewesen, um zu packen. Seine Frau hatte ihm Schinkenspeck und Eier gebraten. Um die Kinder nicht vorzeitig aufzuwecken, war sie auf Zehenspitzen hin- und hergeschlichen und hatte ihm seine Sachen auf den Tisch gelegt. Er stellte sich hinter sie und schlang seine Arme um ihre Taille, dann ließ er seine Hände zu ihren Brüsten hinaufgleiten. Sie lehnte den Kopf an seine Schulter, und er sah, daß sie sich auf die Lippen biß, um ihre Tränen zu unterdrücken. Er wußte, sie würde weiterweinen, wenn sie allein wäre, aber wenn der Minibus käme, würde sie vor den anderen die Tränen zurückhalten.

»Nicht«, sagte sie. »Hörst du nicht? Vater ist wach.«

Beim erstenmal mußten die Kinder eigens geweckt werden, damit sie sich von ihrem Vater verabschieden konnten. Sie traten vors Haus, verwirrt und mit verwuschelten Haaren. Ein vollbesetzter Minibus war im Hof vorgefahren, und Oma und Opa weinten. Händeschütteln und endlose Umarmungen, bei denen seine Frau kreidebleich zusah, die Unterarme gegen die frühmorgendliche Kälte gekreuzt. Er gab ihr einen Kuß. Die Leute im Minibus mochten es nicht mitansehen. Sein Koffer wurde auf die Kofferpyramide obenauf gelegt, und der Minibus holperte über den Hof und ließ die Gestalten zurück, die sich in der Eingangstür versammelt hatten.

Der Stout hatte ihn durchlaufen, und er stand auf, um auf die Toilette zu gehen. Das leichte Schlingern des Schiffes erschwerte ihm das Gehen, aber so heftig war es auch wieder nicht, daß er den Griff über dem Urinal hätte benutzen müssen. Jemand hatte auf den Boden gekotzt, Guinness-Kotze. Er blickte auf sein schlaffes Glied, das er zwischen den Fingern hielt, auf die Stelle, wo sich der Schanker befunden hatte. Er hatte sich fast ganz zurückgebildet. Vor einer Woche hatte seine Schwester ihn bemerkt. Weil es nicht schmerzte, hatte er sich nichts daraus gemacht. Sie fragte ihn, mit wem er sonst noch so geschlafen habe – womit sie ihn beleidigte. Er hatte ihr geschworen, mit niemandem zusammen gewesen zu sein. Sie erklärte ihm, die Bakterien seien wie winzige Korkenzieher, die sich durch den ganzen Körper bohrten. Dann gab sie zu, daß sie sich wohl bei jemand anders was weggeholt hatte.

»Wenn nicht bei mir, bei wem dann?« fragte er.

»Das geht dich nichts an«, erwiderte sie. »Mein Leben gehört mir.«

Zum erstenmal hatte er sie besorgt gesehen. Als er die Treppe hinunterrannte, lief sie hinter ihm her und flehte ihn an, zur Klinik zu gehen, wenn nicht mit ihr, dann allein. Doch schon der bloße Gedanke daran versetzte ihn in Schrecken. Auf der Baustelle hatte er Geschichten gehört von Stäben, die eingeführt wurden, von brennenden Nadeln und – am allerschlimmsten – von einem Gerät, das sich drinnen wie ein Schirm öffnete und gewaltsam wieder herausgezogen wurde. Am Mittwoch hatte ihm die Wirtin gesagt, es habe jemand geläutet, nach ihm gefragt und gesagt, er werde wiederkommen. Aber er sorgte dafür, daß er abends nicht zu Hause war, und heute morgen war er in aller Herrgottsfrühe auf und davon und hatte, bevor er den Zug bestieg, noch eben rasch die Geschenke besorgt.

Er machte den Hosenschlitz zu und baute sich vor dem Spiegel auf. Er sah müde aus – die lange Zugfahrt, die Sandwiches, und um die Zeit totzuschlagen, hatte er zu viele Zigaretten geraucht. Am Kinn zeigten sich die ersten kupferroten Stoppeln. Er erinnerte sich daran, wie sie seine Zunge gebissen und ihn mit ihren Fingernägeln zerkratzt hatte, wie verwandelt sie gewesen war. Seitdem hatte er sie nicht mehr zu Gesicht bekommen.

Seine Frau war nur ein- oder zweimal so gewesen – so verändert. Er wußte, morgen abend würde sie wieder so sein. Wenn er nach Hause kam, war es am ersten Abend immer so. Aber hernach wußte er, daß sie es war, seine Frau. Selbst wenn ihr Gesicht vor Liebe angespannt war, war ihm stets die Sorge für seine Kinder eingeschrieben, etwas von dem Mädchen und der Frau, von der Küche, den Tänzen, ihren gemeinsamen Spaziergängen. Er wußte, wer sie war, wenn sie einander auf dem ächzenden Bett verschlangen. In der Bibel »erkannte« man einander.

Wieder scheute er vor dem Gedanken zurück. Er ging an Deck, um den Geruch von Erbrochenem loszuwerden. Jenseits des Geländers war schwarze Nacht. Er schaute hinab und sah, wie die weiße Bugwelle sich rauschend in der Finsternis verlief. Die Gischt sprühte ihm ins Gesicht, und in seinen Ohren toste der Wind. Er schöpfte tief Atem, aber es half nichts. Vom Deck über ihm warf jemand eine Flasche herab. Sie schoß an ihm vorüber und landete im Wasser. Er konnte die weißen Spritzer sehen, doch außer dem Dröhnen der Schiffsmotoren hörte er nichts. Wo er sich über die Reeling lehnte, drang die Feuchtigkeit bis zu seinen Ellbogen durch, und er fröstelte.

Er hatte daran gedacht, nicht nach Hause zurückzukehren und seiner Frau zu schreiben, daß er krank sei. Aber es schien ihm unmöglich, zu unterlassen, was er immer getan hatte. Außerdem hätte sie ihn, falls er zum Reisen zu krank gewesen wäre, womöglich besucht. Jetzt verlangte es ihn danach, daheim zu sein, umgeben von ihm vertrauten Geräuschen: Krähen, Hühner, die gackerten und im Hof herumpickten, das ferne Blöken der Schafe auf dem Hügel, das Klappern des Eimerhenkels, das Zuschlagen der Hintertür. Vor allem wollte er seine Kinder sehen. Seinen Liebling, das Baby, wie es im tüllenen Nachthemd, das im Rükken aufgerissen war, auf den Knien seiner Mutter saß, selig plappernd, weil es nicht mit den anderen wetteifern mußte. Mitternacht, und die Kleinste im Mittelpunkt der Aufmerksamkeit. Während sie die Seiten des Spielzeugkatalogs umblätterten, den sie sich bestellt hatten, sprach sie mit einer nach dem Aufwachen kostbaren und heiseren Stimme und gebrauchte schwierigere Wörter als am Tage.

Ein Mann mit Pudelmütze kam an Deck und lehnte sich nicht weit von ihm über die Reeling. Es begann sich in ihm ein Satz zu bilden, mit dessen Hilfe er ein Gespräch anknüpfen konnte. Man konnte schlecht über die Dunkelheit reden. Die Kälte – er konnte bemerken, wie kalt es war. Er paßte den richtigen Augenblick ab, doch als er sich umschaute, war der Mann bereits fort und trat eben über die Schwelle der Tür.

Er folgte ihm und ging zur Bar, um noch ein Bier zu bestellen, bevor sie zumachte. Das Mädchen saß immer noch da und las. Die anderen Mädchen taumelten umher und lachten bei der geringsten Kleinigkeit kreischend auf. Lautstark erzählten sie einander von früheren Nächten und wieviel sie trinken konnten. Angeberei. Zehn Wodka, fünfzehn Gin-Tonic. Er setzte sich dem lesenden Mädchen gegenüber, und als sie von ihrem Buch aufsah, lächelte er sie an. Sie erwiderte sein Lächeln und vertiefte sich rasch wieder in ihr Buch. Es fiel ihm nichts Gescheites ein, was er ihr hätte sagen können, um sie von ihrer Lektüre abzuhalten. Als die Bar schließlich zumachte, erhob sie sich und ging fort, ohne ihn eines Blickes zu würdigen. Er sah, wie sich die Sitzkute auf dem Mokettbezug allmählich wieder glättete.

Er ging wieder zu seinem Sitzplatz im Salon. Dieser war rauchverhangen und heiß und roch schwach nach Schweißfüßen. Die Mongoloide war inzwischen eingeschlafen. Als er die Augen schloß, wurde er der Bewegung des Schiffes gewahr, das gegen den hohen Seegang ankämpfte. Sie hatte gesagt, sie seien wie winzige Korkenzieher. Er stellte sich vor, wie sie sich seiner Frau in die Gebärmutter bohrten. Er öffnete die Augen. Die Stimme einer jungen Frau rief ohne Unterlaß. Er sah sich um. Ein Kleinkind rannte die Gänge auf und ab.

»Ann-Marie, Ann-Marie, Ann-Marie! Kommst du wohl her!«

Ihre Stimme wurde aufreizend schrill. Er konnte nicht sehen, wo die Mutter saß. Nur eine Stimme hören, die ihn verärgerte. Erneut streckte er die Beine zu dem leeren Sitz gegenüber aus und fand, daß sie immer noch zu kurz waren. Wenn er hingelangen wollte, mußte er sich auf den Rücken legen. Er schlug die Beine übereinander und stützte das Kinn in die Hand.

Obwohl sie aus entgegengesetzten Ecken der Welt kamen, war er überrascht gewesen, wie sehr ihre Kindheit in Neuseeland der seinen ähnelte. Der kleine Bauernhof, das Grün, das Blöken der Schafe, der Regen. Sie hatte mit ihm gesprochen, schien an ihm interessiert, daran, was er empfand, was er trieb, weshalb er nichts Vernünftigeres tun konnte. Er war intelligent – manchmal. Das Lob hörte er gern, aber die Stichelei, die folgte, kränkte ihn. Sie hatte eine Menge Freunde, die zu ihr ins Apartment kamen – Kunstgewerbler –, und wenn er dablieb, um ihnen zuzuhören, kam er sich wie ein Außenseiter vor. Manchmal hatte er das Gefühl, daß ihn allein die Tatsache, daß er Ire war, in England zum Aussätzigen stempelte. Sie sprachen über Bücher und über Leute, von denen er noch nie gehört hatte und deren Namen er nicht aussprechen konnte, über Gott und die Welt.

Eines Nachts hatte ihn einer mit Ringen an den Fingern auf einer Party mit ultravioletter Beleuchtung einen »edlen Wilden« genannt. Er wußte nicht, wie das zu verstehen war. Zuerst verspürte er den unwiderstehlichen Drang, ihm eine zu pfeffern, aber bis dahin war er so freundlich und gesprächig gewesen – außerdem war das eine allzu irische Reaktion. Seine Schwester war ihm zu Hilfe geeilt, und später im Bett hatte sie zu ihm gesagt: »Du mußt *denken*!« Bei jeder Silbe hatte sie ihm mit den Fingerknöcheln spielerisch auf die Stirn geklopft.

»Deine Wertvorstellungen stammen gar nicht von dir«, hatte sie gesagt.

Ihm war unbequem. Bestimmt hatte er gar nicht geschlafen. Er wechselte die Stellung, ging aber wieder dazu über, das Kinn in die Hand zu stützen. Er mußte endlich schlafen.

»Ann-Marie, Ann-Marie.« Sie hatte sich wieder losgerissen. Inzwischen hatte man die Lichter im Salon heruntergedreht. Überall lagen zusammengesackte Körper herum. Die Sitzreihen standen Rücken an Rücken, und einige Tramper waren auf den nackten Fußboden unter dem Scheitelpunkt gekrabbelt. Er verwendete seinen Regenmantel als Kissen und kroch in den Zwischenraum hinter seiner eigenen Sitzreihe. Vielleicht konnte er in der Waagerechten schlafen. Es war wie unter einem Zeltdach, und er fühlte sich angenehm abgeschirmt. In der nächsten Reihe saßen einige Mädchen, die noch nicht schliefen. Eines von ihnen saß in Höhe seines Kopfes, und wenn sie sich vorbeugte, um etwas zu flüstern, rutschte ihr Pullover hoch und gab einen blassen Halbmond von ihrem Rücken frei. Helle, flaumweiche Härchen, die am Rückgrat wie in einer Naht zusammenliefen. Er schloß die Augen, aber die Schatulle, die das Medaillon enthielt, drückte ihn in die Seite. Er drehte sich um und versuchte auf der anderen Seite einzuschlafen.

Eines Nachts, als keiner von ihnen schlafen konnte, hatte seine Frau zu ihm gesagt: »Vermißt du mich, wenn du weg bist?«

Er bejahte.

»Was tust du?«

»Ich vermisse dich halt.«

»Das meine ich nicht. Tust du irgend etwas dagegen? Dagegen, daß du mich vermißt?«

»Nein.«

»Falls du jemals etwas dagegen tust, sag mir nichts davon. Ich will's nicht wissen.«

»Ich habe nichts getan.«

Er blickte ein- oder zweimal auf, um den Rücken des Mädchens zu betrachten, aber sie hatte sich zusammengekauert und schlief. Wie er so dalag, wurde der Fußboden immer härter. Eine ganze Ewigkeit lag er so da, er hatte Sand in den überanstrengten Augen und merkte, wie unbequem es war, wenn er die Stellung wechselte. Die Hitze wurde unerträglich. Er schwitzte, der Schweiß auf seiner Stirn fühlte sich so dick an wie Blut. Er wischte sie mit einem Taschentuch trocken, das er hinterher in Augenschein nahm. Bestimmt war es jetzt schon Morgen. Als er auf die Uhr sah, war es drei Uhr. Er lauschte, um herauszufinden, ob sie stehengeblieben war. Ihr lautes Ticken schien ihn auslachen zu wollen. Seine Schwester hatte ihm gesagt, dies sei die Zeit, wenn die Leute sterben. Drei Uhr morgens. Die Totenstunde. Das Leben an seinem Tiefpunkt. Er glaubte ihr. Wenn sie die schwacherleuchteten Stationen abschritt, fand sie die Toten.

Plötzlich bekam er Platzangst. Die Rückenlehnen der Sitze schlossen sich über seinem Kopf wie eine Gruft. Behutsam kroch er wieder heraus. Sein Rücken schmerzte ihn, und seine Blase drohte zu platzen. Beim Laufen spürte er deutlich, wie das Schiff sich hob und senkte. In der Toilette mußte er den Handlauf benutzen. Es roch immer noch nach Erbrochenem.

Wie konnten seine Wertvorstellungen nicht von ihm stammen? Er wußte, was sich gehörte und was nicht. Er ging wieder an Deck. Entweder hatte der Wind gedreht, oder das Schiff steuerte einen anderen Kurs. Der Mann, der sich vorher in seinen Schlafsack gehüllt hatte, war verschwunden. Wind und Gischt peitschten den Sitz, auf dem er geschlafen hatte. An der Küste Irlands blinkten winzige Lichtlein. Er ging auf die Leeseite, um eine zu rauchen. Das Mädchen, das vorher gelesen hatte, kam an Deck. Wahrscheinlich hatte auch sie nicht schlafen können. Sein einziger Wunsch war jemand, mit dem er eine Stunde dasitzen und reden konnte. Ihre Haare hatte sie diesmal gelöst, und sie ließ sie im Wind wehen, dabei schüttelte sie sich die Strähnen aus dem Gesicht. Mit der hohlen Hand schützte er seine glühende Zigarette. Ein Gespräch würde ihm die Nacht verkürzen. Zum erstenmal in seinem Leben spürte er sein Alter, fühlte er sich älter, als er war. Er war sich seiner hängenden Schultern bewußt, seines unrasierten Kinns, seines Raucherhustens. Wer würde mit ihm reden wollen – und sei es auch nur für ein Stündchen? Die Hände in den Taschen, hielt sie ihren weißen Regenmantel fest um sich geschlungen. Die Schöße schlugen ihr heftig um die Beine. Den Kopf nach hinten geneigt, ging sie zum Bug vor. Als er ihr folgte, sah er in einer geschützten Ecke den Mann im Schlafsack, er schnarchte und hatte die Kordel seiner Kapuze am Kinn festgeknotet. Das Mädchen drehte sich um und kam zurück. Sie waren auf gleicher Höhe.

»Ganz schön kalt heute«, sagte er.

»Kann man wohl sagen«, entgegnete sie, ohne stehenzubleiben. Sie war Engländerin. Er mußte wohl oder übel zum Bug weitergehen, und als er über die Schulter blickte, war sie fort. Er setzte sich auf einen leeren Sitz und fing an zu schlottern. Wie lange er dagesessen hatte, wußte er nicht, aber besser als die erdrückende Hitze im Salon war es allemal. Hin und wieder ging er auf und ab, um sich die Beine zu vertreten. Als er, viel später, wieder hineinging, kam er an seinem Spiegelbild vorbei, fröstelnd, mit blauen Lippen und nassen Haarsträhnen.

Die Hitze im Salon war wie ein Vorhang. Der Anblick erinnerte ihn an einen Friedhof. Der Mensch war dazu bestimmt, aufrecht zu gehen, nicht schief und krumm dazuliegen wie hier. Er setzte sich hin, fest entschlossen, zu schlafen. Er hörte das Vibrieren des Schiffes, Schnarchlaute, verhaltene Stimmen. Ann-Marie mußte zu guter Letzt doch noch eingeschlafen sein. Der Typ im Schlafsack hatte es von Anfang an richtig getroffen. Der hatte bereits einen richtigen Nachtschlaf hinter sich. Im Dämmerlicht hielt er sich seine Uhr schräg vor die Augen. Die Qual der Nacht mußte bald ein Ende haben. Bald würde der Morgen grauen. Sein Mund fühlte sich trocken an, sein Magen verkrampft und leer. Zuletzt hatte er im Zug gegessen. Jetzt war es sechs Uhr.

Einmal hatte er sich mit seiner Schwester in einer Parkanlage verabredet. Es war frühmorgens, und sie kam direkt vom Dienst. Sie lief auf ihn zu, gestärkt und weiß, und streckte ihm wie einem Kind die Hand entgegen. Jemand klopfte ihm auf die Schulter, aber er wollte sich nicht umdrehen, um zu sehen, wer es war. Sie setzte sich neben ihn und fing an, die Innenseite seines Schenkels zu streicheln. Er blickte sich um, um zu sehen, ob ihnen jemand zuschaute. In der Nähe saßen zwei alte Damen, die jedoch nichts zu bemerken schienen. Die Parkglocke begann zu läuten, und die Parkwächter betätigten ihre Trillerpfeifen. Anscheinend wurde früher als sonst geschlossen. Er senkte die Hand in ihre gestärkte Schürze, um ihre Brüste zu berühren. Er spürte eine feuchte Wärme, die sich widerlich anfühlte. Seine Hand war in ihrem Innern. Die Glocke läutete unablässig und wurde zu einer Stimme, die über den Lautsprecher kam.

»Guten Morgen, meine Damen und Herren. Es ist sieben Uhr. In etwa einer halben Stunde werden wir in Belfast anlegen. Bis dahin stehen Tee und Sandwiches zum Verkauf bereit. Wir hoffen, die Fahrt mit uns hat Ihnen ...«

Er setzte sich auf und rieb sich das Gesicht. Die Frau gegenüber, die Mutter der Mongoloiden, wünschte ihm einen guten Morgen. Hatte er etwa aufgeschrien? Er stand auf und holte sich einen Plastikbecher lauwarmen, dünnen Tees und einige Sandwiches, die sich während der Nacht an den Ecken umgebogen hatten.

Draußen war es noch immer dunkel, aber inzwischen war das Schiff von dem Treiben der Leute erfüllt, die sich mit Schlaf gestärkt hatten und mit Kulturbeuteln und Handtüchern aus den Toiletten kamen, pfiffen und Türen schlugen. Er sah, wie ein Mann eine Dose Schuhwichse aus seinem Koffer hervorholte und seine Schuhe zu putzen begann. Die alten Krusten in der Hand, saß er da und beobachtete ihn. Er ging hinaus, um sie den Möwen zuzuwerfen und den Tagesanbruch mitzuverfolgen.

Jetzt dauerte es nicht mehr lange. Seine Stunde war gekommen. Komisch, wie die Zeit funktionierte. Wenn die Zeit zum Stillstand käme, würde er niemals nach Hause gelangen, und dennoch konnte er die Sekunde um Sekunde vertickende Zäheit der Nacht nicht ausstehen. Bald würde die Sonne aufgehen, am Horizont blich der Nachthimmel schon aus. Was sollte er tun? Um Gottes willen, was sollte er nur tun? Wenn er sich in Gischt verwandeln und übers Meer versprühen könnte, würde er nie mehr gefunden werden. Plötzlich kam ihm der Gedanke, daß er allen Ernstes über Bord springen könnte. Damit wäre alles besiegelt. Er beobachtete, wie zwölf Meter unter ihm das Wasser am dunklen Schiffskörper vorbeischoß. »Der Geist ist willig, aber das Fleisch ist schwach.« Wenn ihm nur jemand das Ganze abnähme, wie glücklich wäre er! Einen Moment lang schöpfte er angesichts der Möglichkeit, daß das Ganze einfach verschwände, neuen Mut – aber dann lag es ihm wieder im Magen, schwerer als je zuvor. Er verbarg das Gesicht in den Händen. Irgendwie mußte sich eine Lösung finden lassen. Er überlegte, ob Bücher das Problem lösen würden. Man lese Bücher, vielleicht erschienen die Probleme dann in einem anderen Licht. Seine Schwester kannte keine Probleme.

Die Dunkelheit wurde zu grauem Licht. Sie mußten in den Belfast Lough eingefahren sein, denn zu beiden Seiten konnte er jetzt Land erspähen, wie Arme oder Beine. Er zündete sich eine Zigarette an. Die erste des neuen Tages – oder eher die einundsechzigste des vergangenen. Er hustete tief, behielt den Schleim einen Augenblick im Mund, bevor er ihn gen Irland ausspie, doch der Wind drehte ihn wieder in Richtung England. Er lächelte. Sein Gesicht fühlte sich ungewöhnlich an.

Er war ein alter, gebrochener Mann, müde und unrasiert am Ende seiner Tage. Wenn er doch nur die Augen schließen, schlafen und vergessen könnte! Sein Leben war vorüber. Die im Bodennebel liegenden Gegenstände am Ufer waren klarer auszumachen. Gasometer, Schlote, Eisenbahngeleise. Sie sahen verwaschen aus, kittgrau vor den blassen Kuppen der Hügel. Autos fuhren entlang, dann konnte er Leute erkennen, die zur Arbeit eilten. Er schloß die Augen und senkte den Kopf auf die Arme. Zunächst nur instinktiv, hörte er immer deutlicher die Sirene eines Rettungswagens.

Umberto Verdi, Schornsteinfeger

Der qualmende Kamin gab Nan den Rest. Den ganzen Tag hatte ein kalter Wind geweht, und zehn Minuten, nachdem sie die Wäsche zum Trocknen aufgehängt hatte, war die Leine gerissen. Windeln, Leibchen, Johns Hemden – alles lag auf dem schlammigen Gartenweg. Als sie die Sachen aufgelesen hatte, machte sie sich eine Tasse Kaffee, doch selbst dann noch, am häuslichen Herd, fand sie keine Ruhe. Jedesmal, wenn eins der Kinder die Tür zuwarf oder der Wind ums Haus toste, zogen ganze Rauchschwaden ins Zimmer. Jetzt, wo sie die Kinder im Blickfeld hatte, schob sie den Kaminvorsetzer zur Seite. So wie sie dasaß, die Füße in der Feuerstelle, konnte sie die rußgeschwärzte Unterseite des cremefarben gekachelten Kamingesimses sehen. Winzige Rußflöckchen hingen in der Luft – eines schwebte über ihrer Kaffeetasse, bis sie es mit der Hand wegscheuchte. Mary, die älteste von den vieren und die einzige, die zur Schule ging, kam von draußen herein und schlug die Tür zu. Eine große, beißende Rauchwolke hüllte Nan ein und löste einen Hustenanfall bei ihr aus. Sie stellte die Kaffeetasse klirrend auf den Kaminsims, so daß sie alles verschüttete, rannte in die Diele, verpaßte dem Kind einen Schlag auf den Hinterkopf und schrie: »Wie oft soll ich dir noch sagen, daß du die Tür nicht zuknallen sollst?«

Mary ließ ihren Schulranzen zu Boden fallen und zog heulend davon, um sich eine Marmeladenstulle zu schmieren. Nan setzte sich auf die unterste Treppenstufe neben das Telephon und rief den Schornsteinfeger an. Als ihr gesagt wurde, es gebe eine dreiwöchige Warteliste, erwiderte sie, wenn er ihr nicht entgegenkomme, müssen sie sich eben jemand anders suchen, der ihren Kamin kehre. Sie warf den Hörer auf die Gabel, zog das Telephonbuch hervor und schlug die Gelben Seiten auf. Als sie mit dem Finger die Liste der Schornsteinfeger absuchte, fiel ihr der ungesunde Zustand ihrer Fingernägel auf. So schlimm hatten sie noch nie ausgesehen – nicht einmal damals, als sie noch im Krankenhaus arbeitete. Irgendwie mußte sie versuchen, ihrem Körper mehr Kalzium zuzuführen. Sie ertappte sich dabei, wie sie nach dem wohlklingendsten Namen fahndete. Aber es handelte sich um ganz gewöhnliche Namen: Greens, Parker, Smith. Bis sie zum letzten Eintrag kam: VERDI, Umberto.

»Der klingt aber schön«, dachte sie und wählte die Nummer. Lang ertönte das Rufzeichen. Das Baby krabbelte zur untersten Treppenstufe und begann zu greinen. Eine Frauenstimme mit italienischem Akzent meldete sich, und sie einigten sich, daß Mr. Verdi zwei Tage später um elf Uhr bei ihr vorbeikommen solle.

»Sie sind sicherlich seine Frau?« fragte Nan. Aber nein, Umberto war unverheiratet. Das Baby krallte sich an ihrer Strumpfhose fest. »Verstehe«, sagte Nan, »dankeschön«, und sie legte auf. Sie war in Verzug geraten und mußte sich sputen. Bald würde John nach Hause kommen und sein Abendessen verlangen. Erst viel später, als sie die Teller spülte, fand sie auf dem Kaminsims ihre halb ausgetrunkene Kaffeetasse mit der weißen Haut erkalteter Milch. Angewidert schüttete sie den Kaffee in den Ausguß. Wenn sie etwas verabscheute, war es Verschwendung.

Tags darauf ging sie einkaufen. Jane und das Baby saßen im Kinderwagen, Michael lief neben ihr her und hielt sich am Griff fest. Gott sei Dank war Mary endlich eingeschult worden. Die Lebensmittel waren alle in der Kinderwagenablage verstaut, und Nan wollte schon wieder nach Hause gehen, als sie vor der Weinhandlung zögerte. Sie stellte die Kinderwagenbremse fest, nahm Michael und Jane bei der Hand und betrat den Laden. Der adrette Verkäufer lächelte sie an.

»Was kostet eine Flasche Campari?« fragte Nan. Der Verkäufer nannte ihr den Preis, und sie zählte ihr Geld nach. Wenn sie den Zeitungsausträger erst nächste Woche bezahlte, konnte sie sich die Flasche gerade noch leisten. Der Verkäufer wickelte die Flasche in braunes Packpapier, das er am Hals säuberlich zusammendrehte. Michael war auf den Knien und versuchte, von einigen Bierflaschen auf einem niedrigen Regal die Etiketten abzupellen. Schimpfend zerrte sie ihn an der Hand aus dem Geschäft.

Zu Hause streifte sie das Papier ab und betrachtete das bunte Flaschenetikett und die durchsichtige, scharlachrote Flüssigkeit. Sie stellte die Flasche auf das oberste Regal und versteckte sie hinter den Soßen und dem Essiggemüse. Lange bevor sie John kennengelernt hatte, war sie im Urlaub an der italienischen Riviera gewesen. An die Gerüche in den engen Seitengassen der Stadt konnte sie sich am besten erinnern – romantische Gerüche, die schon an fauligen Gestank grenzten. Häusermauern und Rolläden, von denen die Farbe abblätterte, die schmiedeeisernen Balkons der Altstadthotels, auf denen Badeanzüge und Badetüchter hingen – und die hübschen, braungebrannten Burschen, die, in Shorts und mit offener Hemdbrust, ihre losen Sandalen auf dem Straßenpflaster klappern ließen und nach Sonnenöl dufteten, wenn sie an ihr und den anderen Mädchen vorbeikamen, die um die Mittagszeit auf der Piazza vor ihrem Hotel saßen, Campari tranken und lachten. Wie sie einen ansahen! Nie hatte jemand sie so angesehen, weder vorher noch nachher. Es lief ihr ein Schauer über den Rükken, und sie mußte über ihre Erinnerungen lächeln.

Bevor sie die Spüle zum Kartoffelschälen benutzen konnte, mußte sie erst die restlichen Frühstücksteller abwaschen. Nie bekam sie die richtige Reihenfolge hin. Tag für Tag fing sie an abzuspülen, und dann erst kam ihr in den Sinn, daß sie ja noch das Brot wegpacken mußte. Dann glitt ihr der Plastikdeckel des Brotkastens aus den nassen Fingern und fiel scheppernd zu Boden, und wieder arbeitete sich der Riß einen Zentimeter zum Rand hin vor. Sie begann, die Kartoffeln zu pellen. Auf der Fensterbank vor ihr stand eine Milchflasche voller Kaulquappen, die John den Kindern zuliebe eingefangen hatte. Sie hatte beobachtet, wie die Pünktchen täglich länger wurden, hatte ihnen bei ihrer Verwandlung aus etwas Leblosem in etwas Lebendiges zugesehen. Sie hatte sich gefragt, ob sie wohl von der Gallerthülle lebten, die sie umschloß, und was sie anfangen würden, wenn sie ausgeschlüpft waren. Jetzt wanden und krümmten sie sich mit Hilfe ihrer vollentwickelten Ruderschwänze.

In der Stube war ein Wettgeschrei zwischen Michael und Jane ausgebrochen, und Nan mußte mit klitschnassen Händen hineineilen. Sie schlichtete den Streit, indem sie jedem ein Glas Limonade gab, obwohl schon fast Essenszeit war.

Dr. Kamel war der richtige Mann für ein Glas Limonade gewesen, über den Ausguß gebeugt, überraschte sie sich dabei, wie sie an ihn dachte. Er hatte sie oft ausgeführt, und wenn er auch nichts dagegen hatte, daß sie trank, so war er doch sich selbst gegenüber äußerst gestreng. Der Alkoholgenuß war ihm von seiner Religion untersagt, und so saß er denn mit ihr in den Bars vor einem Glas Limonade, und sein dunkelglänzendes Gesicht blickte nüchtern drein. Seine Manieren sagten ihr zu. Betrat sie das Zimmer, so erhob er sich; auf dem Bürgersteig ging er auf der Straßenseite; selbst wenn sie in der entgegengesetzten Ecke des Raumes saß, bot er ihr Feuer an. Er hielt ihr die Tür auf, reichte ihr die Hand, wenn sie die Treppe herabstieg und bezeigte tausend andere Gesten, die ihr wohltaten. Vor ihrer Heirat hatte auch John sich in etwa so benommen, inzwischen aber hatte er sich das alles abgewöhnt. Er stürzte vor ihr zur Tür herein und hatte es sogar versäumt, sie neuen Freunden vorzustellen, wenn sie – was in letzter Zeit selten genug vorkam – miteinander ausgingen. An den Wochenenden weigerte er sich, sich zu rasieren, rannte in seinen ältesten Klamotten herum, und was sie am meisten haßte, war, wenn er mit zerwühlten Haaren bis Mittag im Bett liegen blieb. Samstags und sonntags war er eher hinderlich als ihr behilflich, weil ihre ganze Routine durcheinandergeriet, wenn sie morgens nicht die Betten richten konnte. An den Wochenenden reparierte er stets den Wagen, ob daran etwas kaputt war oder nicht, und wenn er hereinkam, hinterließ er im Ausguß und auf den Handtüchern Ölflecken. Einmal mußte sie, nachdem er sich die Hände gewaschen hatte, sogar noch die Seife säubern. Mit Kamel wäre es anders gekommen.

Das Baby kam in die Küche gekrabbelt und zupfte sie am Bein, weil es auf den Arm genommen werden wollte. Mit dem Schürzenzipfel wischte sie ihm den Rotz von der Nase, trug es wieder in die Stube und schalt die älteren Geschwister dafür aus, daß sie es hinausgelassen hatten. Sie rührte in dem trüben Wasser, um die halbgeschälte Kartoffel zu finden. Mit Kamel wäre wohl alles anders gekommen.

Ein einziges Mal hatte er sie zu Hause besucht: an dem Abend, als er ihr einen Heiratsantrag gemacht hatte. Ihre Mutter war ganz erschrocken zu ihr hereingekommen und hatte ihr gesagt, da sei Besuch für sie. Nan war in die Stube gegangen, und da saß Kamel und sprang schüchtern auf. Er bat sie, seine Frau zu werden. Zuerst lachte sie ihn aus, aber dann, als sie sah, wie sehr sie ihn damit kränkte, wurde sie ernst. Er erklärte, in einem Monat werde er in den Sudan zurückkehren und er könne eine Woche auf ihre Entscheidung warten. Das größte Hindernis sei die Kluft zwischen ihren kulturellen Voraussetzungen, doch der Versuch, diese Kluft zu überwinden, werde für sie ein regelrechtes Abenteuer werden. In einem neuen Land zu leben, einem Land, indem es zuweilen so heiß sei, daß man seine Kleider mit Wasser benetzen müsse, um sich Kühlung zu verschaffen – auf dem Boden zu sitzen und mit den Fingern aus derselben Schüssel zu essen wie die ganze Familie. Sie könne Arabisch lernen, es werde ihm ein Vergnügen sein, sie darin zu unterweisen. Sonntags sei das Tragen des Dschalabis vorgeschrieben, ein langes, weißes Gewand, einem Nachthemd nicht unähnlich. Ob das etwa kein

Abenteuer sei? Obwohl ihre Entscheidung bereits feststand, versprach sie ihm, sich bis Ende der Woche entscheiden zu wollen.

Als sie, an Johns Rücken geschmiegt, nachts im Bett lag, erschien ihr wieder und wieder Kamels dunkelhäutiges Gesicht, das flehend auf die Wüste und die Pyramiden deutete.

Nachdem sie John am nächsten Morgen zur Arbeit geschickt und das Frühstücksgeschirr abgewaschen hatte, rief sie ihre Nachbarin zwei Häuser weiter an und bat sie, ihr um elf für etwa eine Stunde die Kinder – nur zwei! – abzunehmen. Das Baby schlafe um diese Zeit. Der Ruß und Staub könne bei Michael einen A.S.T.H.M.A.A.N.F.A.L.L. auslösen. Sie sah, daß das ausdruckslose Gesicht des Jungen unbeweglich blieb, als sie das Wort buchstabierte, überhaupt seien sie nur immer im Wege... Sie werde sie ihr den *ganzen* Vormittag über abnehmen. Das sei aber wirklich *sehr* freundlich von ihr. Nan schob die Kinder zur Tür hinaus und begann aufzuräumen.

Sie ging zum Schuppen hinaus, um einige alte Zeitungen zu holen. Als sie eben die Porzellanvitrine mit Papier bedeckte, fiel ihr ein, daß sie ja auch Gläser brauchte. Vorsichtig hob sie zwei Champagnerkelche mit geblümten Goldrändern heraus, ein Hochzeitsgeschenk der Station 10. Sie rochen muffig, und sie ging in die Küche, um sie auszuspülen. Sie holte den Campari hinter dem Essiggemüse hervor und stellte ihn zu den funkelnden Gläsern.

Um viertel vor elf brachte sie das Baby ins Bett, und da sie nun schon einmal oben war, beschloß sie, sich umzuziehen. Sie blickte in den Kleiderschrank und ließ ihre Finger über die dichtgedrängten Kleider gleiten. Da hingen Kleidungsstücke, die sie schon seit Ewigkeiten nicht mehr angehabt hatte: Abendkleider, die sie zu Gesellschaftstänzen getragen hatte – zu einer Zeit, da sie noch auf Gesellschaftstänze gingen –, Winterkleider, Sommerkleider. Sie wählte ein weißes Kleid, das bis auf eine hauchdünne Silberbordüre ums Dekolleté völlig schmucklos war. Jetzt, wo sie wieder ihre alte Figur hatte, konnte sie es durchaus tragen. Als sie sich von der Seite im Spiegel betrachtete, fragte sie sich, ob es nicht zu kurz sei. Im Badezimmer kämmte sie sich die Haare und trug etwas Make-up auf, nicht zuviel, sondern gerade genug, daß sie etwas Farbe bekam. Dann ging sie nach unten.

Ohne Kaminfeuer war es so kühl, daß sie wieder ins hintere Zimmer ging und die Heizsonne anknipste. Ab und zu lief sie in die Stube, um, mit verschränkten Armen, aus dem Fenster zu sehen. Elf Uhr war schon längst vorbei, und sie überlegte, ob er wohl überhaupt noch käme. Sie sagte sich, daß sie das alles nur von der Arbeit abhielt. Es gab so viel, das sie erledigen konnte.

Um halb zwölf ging sie wieder in die Stube und blickte aus dem Fenster. Gerade hatte ein Schornsteinfeger sein Fahrrad gegen den Torpfosten gelehnt und war dabei, die Stoßbesen abzuschnallen, die an der Lenkstange hingen. Kurz darauf klopfte er an. Er war klein und dick, bestimmt nicht unter fünfzig und hatte eine Hose an, die ihm bis zur Brustmitte reichte. Sein Gesicht war schwarz vor Ruß, und als er vor ihr die Mütze zog, entblößte er eine rosa schimmernde Glatze. Er kniete sich vor den Kamin, knotete sein Bündel mit den Kehrgeräten auf und unterhielt sich über die Schulter hinweg mit Nan, die sich auf die hölzerne Armlehne eines Sessels gesetzt hatte.

»Merkwürdiges Wetter heute, gnä' Frau«, sagte er. Nan nickte, obwohl er sie gar nicht sehen konnte. Als er versuchte, den Kamin hinaufzuspähen, sah sie, wie die Fettwülste auf seinem Nacken Falten warfen.

»Arbeiten Sie für Umberto Verdi?« erkundigte sich Nan.

»Ich bin Umberto Verdi. Ich bin selbständig.« Er lächelte sie über die Schulter hinweg an.

»Ich hatte Sie mir gar nicht so vorgestellt ... so ... wie Sie sind.«

»Was hatten Sie denn erwartet, gnä' Frau?«

»Ich dachte, Sie wären ...« Sie zögerte. »Ich dachte, Sie hätten einen Staubsauger.«

»Nee, so neumodisches Zeugs is' nix für mich«, erwiderte er, während er den Bürstenkopf auf die erste Stange aufschraubte. »Stoßbesen sind unschlagbar.« Er versuchte, die Stange die Esse hinaufzustoßen, aber die Bürste blieb stecken. Er bückte sich und blickte erneut hinauf.

»Der Kamin ist ziemlich unpraktisch«, sagte Nan. »Der letzte Schornsteinfeger meinte: reine Pfuscharbeit.« Endlich konnte er die Bürste doch noch hochschieben und setzte mit raschen Bewegungen seines plumpen Handgelenks neue Stangen auf. Wie er so stieß und schob, entrang sich dem Innern des Kamins ein tiefes Stöhnen. Nan fragte sich, ob das Baby von dem Geräusch wach würde, obwohl das ja nun auch keine Rolle mehr spielte.

Nach einer Weile sagte der Schornsteinfeger: »Möchten Sie mal nach draußen gehen und schauen, wie die Bürste zum Schornstein herausragt?«

Nan lachte: »Na, wissen Sie, ich bin doch kein Kind mehr.«

»Nur damit Sie sehen, daß ich ganze Arbeit leiste.«

»Oh«, sagte Nan und biß sich, lächelnd, auf die Lippen. »Ich glaube Ihnen auch so.«

Er zog die Bürste wieder heraus und fegte den Ruß in das große schwarze Tuch, das er ausgebreitet hatte. Sie bat ihn, das Tuch am Ende des Gartens auszuschütteln. Als er wieder in die Küche kam, fragte sie ihn, ob er sich die Hände waschen wolle.

»Ein Bad nach Feierabend genügt mir«, sagte er. Als er die Kaulquappen erblickte, beugte er sich über den Spültisch und besah sich die Flasche genauer.

»Ich hab' mal ein Fernsehprogramm darüber gesehen. Die haben gesagt, man soll die nich' aus dem Teich herausnehmen.« Mit seinem hornigen Fingernagel schnippte er gegen die Flasche. Die Kaulquappen gerieten in Panik und flohen schwänzelnd in alle Richtungen auf einmal. Nan stand mit der Geldbörse in der Hand da, und als er ihr den Preis nannte, gab sie ihm zwei Schilling Trinkgeld. Sie fand, daß er ein angenehmer Mann mit einem angenehmen Lächeln war. Er lüftete die Mütze, wobei er wieder seine rosa Birne entblößte, und ging in die Stube, um seine Gerätschaften einzusammeln.

Als er gegangen war und sie die Zeitungen aufräumte, bemerkte sie, daß er nirgends auch nur eine Rußflocke oder ein Staubkorn zurückgelassen hatte. Nach dem Rascheln der Zeitungen zermürbte die Stille des Hauses sie zwar ein wenig, doch zugleich empfand sie sie ausnahmsweise einmal als ganz zuträglich. Sie öffnete die Flasche Campari, schenkte sich ein Glas ein und ließ sich in einen Sessel in der Stube fallen. Die karminrote Flüssigkeit hielt sie gegen das Licht. Sie schmeckte süß, hinterließ jedoch einen bitteren Nachgeschmack, der ihr entfallen war. Sie vermochte sich nicht mehr daran zu erinnern, welches der Mädchen gesagt hatte, sie habe auch schon mal bessere Medizin gekostet. Wer immer es gewesen war, sie hatte keinen Geschmack gehabt. Aber nach zwei weiteren Schlücken fragte sie sich, ob sie einen schlechten Campari erwischt hatte oder ob man das Getränk womöglich mit weißer Limonade zu sich nehmen mußte. Sie ging in die Küche und schüttete den kleinen Rest des Glases in den Ausguß. Vielleicht würde John die Flasche zu Ende trinken.

Als sie wieder in ihre alten Kleider schlüpfte, weckte sie anscheinend das Baby auf. Als sie zu ihm hineinging, war das Zimmer vom Geruch einer vollen Windel erfüllt. Unten klingelte das Telephon. Sie nahm das Kind unter den Arm und sauste hinunter, um den Hörer abzunehmen. Es war die Nachbarin zwei Häuser weiter.

Michael sei hingefallen, habe sich am Kopf eine Beule zugezogen und lasse sich gar nicht mehr trösten, so daß sie befürchten müsse, er könnte einen A.N.F.A.L.L. erleiden. Ob sie wohl etwas dagegen hätte, wenn sie ihr die beiden Kinder zurückschicke, der Schornsteinfeger sei ja inzwischen wohl auch wieder fort. Nan erklärte sich einverstanden und ließ die Haustür offen, damit sie nicht aufzustehen brauchte, wenn sie kamen.

Wo die Strömungen aufeinandertreffen

Etwa eine Stunde vor Einbruch der Dunkelheit kommen wir auf Torr Head an und steigen aus dem Auto. Drei Männer, Jung Christopher und der Hund. Michael und Martin stehen da mit Jagdgewehren mit abgekipptem Lauf und laden sie mit blanken, ziegelroten Patronen, die sie aus der Hosentasche hervorholen. Das Hundehalsband ist verlorengegangen, und ich benutze ein behelfsmäßiges, eine ganz gewöhnliche Hundeleine: Mit der Schlaufe des Griffs mache ich eine Schlinge, die sich zuzieht, sobald er zu stark daran zerrt.

»Um Himmels willen, laß ihn bloß nicht los!« sagen sie mir. Er ist zu ungebärdig, und sein Gezerre bringt mich ganz schön auf Trab, wo ich doch nur gehen will. Sie raten mir, ihm einen Klaps auf die Nase zu geben und »Bei Fuß!« zu rufen, dann werde er schon gehorchen. Aber er ist zu ungebärdig. Sie lassen ihre Läufe abgekippt und klettern über den Zaun. Jung Christopher ist vor lauter Anspannung ganz aufgeregt und drängelt sich vor, um nur ja alles mitzubekommen. Um über die nächste Anhöhe lugen zu können, läuft er auf Zehenspitzen. Michael, sein Vater, zischt ihn an: »Bleib gefälligst hinter der Schußlinie!« Ich laufe mit dem Hund hinter allen dreien her. Es ist ein brauner Neufundländer, der auf den Namen Ikabod hört. Wenn er an der Leine reißt, läßt er die Zunge heraushängen. Bei dem Versuch, ihn zurückzuhalten, lehne ich mich bestimmt in einem Winkel von fünfundvierzig Grad zurück. Das behelfsmäßige Halsband hat sich so tief in seine schwarzen Nackenfalten eingegraben, daß nur noch die straffgespannte Leine zu sehen ist, die zu meiner Hand führt. Die Kette an meinem Ende schneidet tief ins Fleisch.

Plötzlich stößt Martin einen Schrei aus, nicht laut, aber um so dringlicher: »Mickey, da rechts!«

Michael bringt das Gewehr in Anschlag und beugt sich leicht vor – ganz Gleichgewicht. Das Geräusch des Schusses hat etwas von einem Knacken und von einem dumpfen Schlag. Beim Abfeuern der beiden Läufe gibt es einen leichten Rückstoß. Erst dann nehme ich die Blumen zweier Kaninchen wahr, die zu unsrer Rechten im Gebüsch verschwinden. Beim Schall der Flinte gerät Ikabod ganz aus dem Häuschen. Er zerrt so sehr, daß ich den Hügel hinabrenne und -rutsche. Bevor ich hinschlage, lasse ich ihn lieber los. Falls Michael eins der Kaninchen getroffen hat, ist es ja schließlich Aufgabe des Hundes, es zu apportieren. Ikabod verschwindet im Gebüsch, die Leine klatscht lose auf dem Boden hinter ihm her. Erst dann höre ich Michael rufen: »Halt ihn fest!« Ich höre zwei weitere Schüsse und ziehe den Kopf tief ein, denn es kommt mir vor, als schösse Martin über meinen Kopf hinweg noch einmal auf dieselben Kaninchen. Doch als ich mich umdrehe, sehe ich, daß er den Hügel hinauf schießt. Was er da schießt, kann ich nicht ausmachen. Ich laufe hinunter und schaue über den Busch. Dahinter befindet sich eine mit Gras und Gestrüpp bewachsene, schräg abfallende Felsenklippe. Ikabod rennt hin und her und hält Ausschau nach den Kaninchen. Ich pfeife ihn herbei, und er kommt zurück. Ein folgsamer Hund. Christopher steht neben mir und späht hinab: »Hat er eins erwischt? Hat er eins erwischt?« Wir holen die andern ein.

Zu meiner Verteidigung frage ich: »Wenn ich ihn nicht einmal nach den Schüssen loslassen kann, wann kann ich ihn denn dann loslassen?«

»Gar nicht«, sagt Michael.

»Wozu haben wir ihn dann überhaupt mitgenommen?« Er antwortet nicht. »Ich dachte, er sollte unser Apportierhund sein?«

»Für Vögel«, sagt Michael, und alles lacht. Die beiden Männer stopfen Patronen in ihre Flinten. Wir stehen eine Weile herum und unterhalten uns, wobei wir mit den Augen den Hang absuchen, auch wenn wir wissen, daß wir jedes Tier in Hörweite verscheucht haben.

»Man kann nicht erwarten, so früh schon etwas vor die Flinte zu bekommen«, sagt Martin. Michael, der schon oft hier gewesen ist, deutet aufs Meer, wo die Strömungen aufeinandertreffen. Kurz vor Torr Head bildet die See weiße Strudel. Die Wogen springen hoch und schlagen zusammen, als brächen sie sich an Felsen, aber da sind gar keine Felsen. Das Ganze ist etwa zweihundert Meter von der Küste entfernt. Sie erklären mir, daß die Irische See aufwärts fließt und der Golfstrom abwärts. In einem Boot, sagen sie, hätte man nicht die geringste Chance.

Wir gehen auf dem gleichen Weg zurück zu einem Feld auf Torr Head selbst, wo sie früher schon einmal Kaninchen gesichtet haben. Bei jedem Zaun kippen sie die Läufe ab. Und bei jedem Zaun versucht Ikabod unter und ich über dem Draht voranzukommen, so daß wir uns erst jedesmal langwierig entwirren und entknäueln müssen. Jetzt sind wir bei dem Feld angelangt, und sie laufen in einer lang auseinandergezogenen Reihe vor mir her, Christopher näher an seinem Vater als Martin. Das Gras ist derb und lang, aber vom Wind, der hier wohl ständig geht, flachgedrückt. Es sieht aus wie Gras an einem Fluß, der über die Ufer getreten ist. Die Männer laufen, die schußbereiten Gewehre in Brusthöhe. Sie schreiten weit aus, treten aber leise auf, beim Absuchen der Gegend drehen sie den Kopf von einer Seite zur andern. Im stillen denke ich, daß sie sich wie Jäger aufführen, dann erst dämmert mir, daß sie das ja auch wirklich sind. Wir kommen zur Landspitze selbst, ohne daß wir etwas gesehen oder einen Schuß abgegeben hätten. Wir halten an und bereden uns. Michael fragt mich, ob ich auch mal schießen wolle. Ich bejahe und lasse den Hund von der Leine, er saust wie toll davon.

»Was gibt's hier denn zu schießen?« Michael weist auf einen alten Zaunpfahl am Klippenrand, eine ausgediente Eisenbahnschwelle. Er zeigt mir die Sicherungsvorrichtung. Ich entsichere das Gewehr und lege an. Inzwischen ist die Dämmerung hereingebrochen, und das Meer hinter dem Pfahl ist schiefergrau. Die weiße Gischt dort, wo die Strömungen aufeinandertreffen, lenkt mich ab. Der Kolben scheint mir ungewöhnlich eng an der Wange anzuliegen, und ich mache mich auf den Rückstoß gefaßt. Vor dem fürchte ich mich, und als ich endlich schieße, treffe ich völlig daneben. Wir begutachten den Pfahl. Der Lärm der Explosion verursacht mir immer noch Ohrensausen.

»Getroffen!« sage ich.

Michael schaut genauer hin: »Quatsch, das sind Holzwürmer!« Er spricht verhalten, damit der Junge nichts mitbekommt. Die wenigen winzigen Löcher sehen sehr nach Wurmstichen aus. Ich gehe wieder zurück und feuere den zweiten Lauf ab. Wieder daneben. Martin ist weggegangen, um sich nach mehr Karnickeln umzuschauen. Von jenseits der Hügelkuppe hören wir einen Schuß. Er klingt verzerrt, vom Wind zerfetzt. Michael lädt das Gewehr durch und schießt auf den Pfahl. Die Schrotgarbe reißt einen regelrechten kleinen Krater in das morsche Holz. Als ich genauer hinschaue, erblicke ich am Rand des Kraters einige Löcher wie Wurmstiche.

»Du mußt mir einen ausgeben!«

Erst zwei Felder weiter bemerken wir, daß Ikabod nicht mehr bei uns ist. Wir bleiben stehen, pfeifen und rufen, aber er kommt nicht zurück. Wir gehen wieder zum Zaunpfahl und suchen unter ständigem Rufen alles ab.

»Sollte er etwa über die Klippe gefallen sein?« Wir klettern über den niedrigen Zaun und lassen uns vorsichtig über das glitschige Gras hinab.

»Ik-a-bod, Ik-a-bod!« Da hören wir von unten unverkennbar Hundelaute.

»Er muß irgendwo da unten sein.« Wir wissen nicht, ob es auf dieser Klippe wie auf der vorherigen Gestrüpp, Felsnasen und Pfade gibt, deshalb arbeiten wir uns mit größter Vorsicht zentimeterweise vor. Ich gelange als erster an den Rand der Klippe. Ein senkrecht abfallender Steilhang. Siebzig Meter Bodenlosigkeit. Eine Saatkrähe segelt auf gleicher Höhe an uns vorbei. Unten am Strand liegt Steingeröll. Am Ende erspähe ich Ikabod, der auf der Seite liegt. Von da an sprechen wir nicht mehr. Zu unsrer Rechten gibt es einen begehbaren Pfad zum Strand, und wir hasten los. Mittlerweile haben Martin und der Junge uns eingeholt. Halb schliddern wir, halb rennen wir den Abhang hinunter, wobei wir uns an Grasbüscheln festhalten. Als wir bei dem Hund ankommen, ist er schon tot. Ich lege ihm die Hand auf die Seite. Sie fühlt sich noch warm an. Aber das Herz schlägt nicht mehr. Christopher fragt unablässig: »Ist er tot, Papa? Ist er tot?« Er streift ein hohes Unkraut, und auf das Fell des Hundes fallen Samenkörner herab. Ich hebe rasch die Hand, unsinnigerweise fühle ich mich an Flöhe erinnert, die ihr totes Wirtstier verlassen. Michael steht da und stiert auf den toten Hund herab. Ich schaue zu ihm auf, um ihm zu sagen, daß der Hund tot ist, und sehe, daß er weint. Der Wind zerzaust seine Haare und weht sie ihm ins Gesicht. Christophers Fragen vermag er nicht zu beantworten.

Er kauert sich zu dem Hund hin, und ich höre ihn sagen: »Verdammte Scheiße!« Wieder und wieder. Es ist kein Blut zu sehen, nur ein Speichelfaden, mit dem einige Steine beschmiert sind. Er beugt sich über den Hund und löst sein Halsband, dann fängt er an, Steine auf ihn zu häufen. Schweigend helfen alle mit. Jedesmal, wenn wir schwere Steine drauflegen, scheint die Haut sich zu bewegen. Schließlich ist der Hund mit einer Steinpyramide bedeckt, und wir treten zurück und verspüren ein lächerliches Bedürfnis nach einem Gebet. Christopher weint nicht laut heraus, sondern beobachtet unverwandt seinen Vater. Er tut alles, was sein Vater tut, nur nicht weinen. Als wir uns abwenden, sagt Michael: »An einem Jagdhund hängt man eben sehr« – fast wie zur Entschuldigung dafür, daß er weint.

Als wir im Dunkeln zum Auto zurückgehen, verteilen wir uns und laufen im Abstand von etwa zehn Metern hintereinander her. Nur wenn wir uns gegenseitig über irgendwelche Zäune helfen wollen, warten wir aufeinander.

Hugo

Bestimmt fühlst du dich wie im siebten Himmel«, sagte meine Mutter zu Paul an dessen Hochzeitstag. In der Tat war er in einer freudigen Hochstimmung, mit der er alle um sich herum anzustecken schien. »Schade nur, daß Hugo nicht hier sein kann.«

Paul zuckte die Achseln. Die Bemerkung wirkte auf ihn ernüchternd.

»Mutter«, sagte ich. »Das ist weder der richtige Zeitpunkt noch der richtige Ort.« Meine Kurzangebundenheit sowie ein leeres Sherryglas hatten zur Folge, daß meine Mutter fortging. Paul und ich begannen von alten Zeiten zu reden, und unweigerlich kamen wir auf Hugos tragisches Ende zu sprechen. Gemeinsam versuchten wir vergebens, eine Art Erklärung zu finden. Anscheinend sah Paul den Fall nur als eine Angelegenheit einfacher Trauer an – er nickte teils mitfühlend, teils ungläubig –, wohingegen ich wußte, daß es sich um eine Tragödie ganz anderer Größenordnung handelte. Schließlich stand Paul auf und verließ mich mit der Entschuldigung, er müsse sich um seine anderen Gäste kümmern.

Hugos Lebensweg und der meinige hatten sich kurz gekreuzt, und dies hatte auf mich eine Wirkung ausgeübt, die zur Dauer unserer Bekanntschaft in keinem Verhältnis stand.

Mein Vater starb, als ich acht war, und erst im Alter von etwa vierzehn Jahren empfand ich den Verlust. Ich brauchte jemanden, mit dem ich reden konnte, jemanden, der die Fragen, die mich zu jener Zeit quälten, mit einfühlsamer Klugheit beantwortete. Jemand, der mir genügend Selbstvertrauen einflößte, um mein Stammeln zu überwinden, jemand, den ich über die Verwicklungen der Liebe und die Schrecknisse der Sexualität befragen konnte, jemand, der mir beibrachte, wie man sich anständig kleidete, jemand, der wußte, was man in der Kunst gut finden durfte.

Mein Vater besaß ein altes Grammophon, auf dem er mit Kiefernadeln Klavierstücke von Schubert spielte. Die großen Schellackscheiben mit einem roten Kreis und einem weißen Hund, der in ein Horn sang, knisterten vor lauter Statik, doch in mir, dem Knaben, riefen sie eine innere Ruhe hervor, wie ich sie seither nicht mehr erfahren habe. Wenn sie, nach etwa zwei Minuten, abgespielt waren, schien mir das Ticken der leerlaufenden Platte das abscheulichste Geräusch auf Erden zu sein. Ein Zähneklappern nach göttlicher Musik.

Seit ich zurückdenken kann, hatten an der Wohnzimmerwand zwei gerahmte Tuschzeichnungen von mir unbekannten Leuten gehangen, die mein Vater signiert hatte. Ich fand sie wohl recht schön, aber irgend etwas ging ihnen ab. Wenn ich allein war, starrte ich sie stundenlang an und versuchte, Worte zu finden, mit denen sich dieser Mangel beschreiben ließe. Zwischen den beiden Zeichnungen hing ein kleines, von der Mission geschicktes Bildnis einer schwarzen Madonna, deren Gewand aus Schmetterlingsflügeln gefertigt war – tiefstes changierendes Türkis. Ich dachte immer, wie vollkommen die Naturfarbe war, verglichen mit der unbeholfenen Ausschneidefigur der Madonna. Die Natur trifft eben instinktiv das Richtige.

Wir wohnten in einem großen, alten Reihenhaus mit vier Schlafzimmern in einem Stadtbezirk, der, wenn man sich die Klingelzüge für die Dienstmädchen in den Schlafzimmern vergegenwärtigte, schon bessere Tage gesehen hatte. Als Einzelkind hatte ich für mich ein Schlafzimmer und ein Spielzimmer, das später mein Studierzimmer werden sollte. Kurz nach dem Tode meines Vaters entschloß sich Mutter, die für andere Tätigkeiten keine Qualifikationen besaß, Kostgäste aufzunehmen, um ihre Witwenrente aufzubessern.

Daraufhin hatten wir eine Reihe anonymer Mannspersonen: Bankangestellte in blauen Anzügen, ein Versicherungsvertreter, dem das besondere Privileg zuteil wurde, sein Fahrrad in der Diele abstellen zu dürfen, ein kahlköpfiger Lehrer, den Mutter, nachdem sie Schwierigkeiten hatte, sein Bett zu machen, schon einen Tag später zum Verlassen des Hauses aufforderte. Auf dem Badezimmerregal sammelte sich eine stattliche Anzahl Rasierpinsel und -klingen an, und das Haus roch nach Schweiß und Zigarettenqualm.

Dann traf Paul, Student der Pharmazie, ein und wurde der Liebling meiner Mutter. Er besaß Charme sowie das gute Aussehen und die Statur eines Gregory Peck. Wenn er das Wochenende bei seinen Eltern auf dem Land verlebt hatte, brachte er ihr kleine Geschenke mit: ein Dutzend frischgelegter Eier, die mitsamt dem dazugehörigen Hühnerdreck in Zeitungspapier eingewickelt waren, oder ein paar Einweckgläser mit hausgemachter Stachelbeermarmelade, etikettiert und datiert. Meine Mutter wußte diese Gesten sehr zu schätzen.

»Einem Bankangestellten«, sagte sie, »fiele das im Traum nicht ein.« Er hatte eine Mundharmonika, auf der er mit einigem Geschick spielte, auch wenn mir seine Vorliebe für Pop, Country und Western nicht zusagte.

Als Paul etwa ein Jahr lang bei uns gewohnt hatte, beschloß einer unserer Bankangestellten, sich mit einem dickbeinigen Mädchen zu verheiraten, an dem ich mich – *in flagranti* – so manche Nacht im Eingang hatte vorbeidrükken müssen. Paul fragte meine Mutter, ob sie – als besondere Gunstbezeigung – einen seiner Freunde bei sich aufnehmen könne, der momentan in einer entsetzlichen Bude bei einer Vettel von Wirtin hause. Bei den Worten »Bude« und »Wirtin« zuckte Mutter zwar ein wenig zusammen, aber ihrem Paul vermochte sie nichts abzuschlagen.

»Wenn er auch nur ein bißchen so ist wie Sie, Paul«, sagte sie. Paul lachte und sagte, er sei ganz und gar nicht so wie er, denn er werde ihr keinen Ärger machen.

Das war Hugo. Das erstemal sah ich ihn am Tag seiner Ankunft in der Küche. Er war klein, viel kleiner als Paul, hatte Hängeschultern, trug einen guten Sonntagsanzug und preßte beim Sitzen die Knie zusammen. Als ich eintrat, schossen seine Blicke hinter dicken Brillengläsern hervor. Sein Gesicht war schmal, wie ein Zweig, seine Nase wirkte wie abgezwacktes Plastilin, und er hatte einen dünnen Hals mit einem großen Adamsapfel, der beim Schlucken auf und nieder hüpfte. »Der gehört gemästet«, lautete Pauls Anweisung an meine Mutter. Als ich mich später für derlei Dinge interessierte, fand ich, daß er im Gesicht eine gewisse Ähnlichkeit mit James Joyce aufwies.

»Kennst du schon Hugo?« fragte meine Mutter. »Er wird eine Weile bei uns wohnen bleiben.« Ich stellte meinen Schulranzen in die Ecke und hängte meinen Blazer auf.

»Hugo studiert auch Pharmazie«, sagte meine Mutter. »Paul hat ihm erzählt, wie schön es sich bei uns wohnt. War das nicht nett von ihm?« Ich nickte.

»Hast du Hausaufgaben auf?« fragte sie. »Na, dann aber marsch – bevor du irgendwelchen Unsinn anstellst.«

Ich schnitt mir eine Scheibe Brot ab, bestrich sie mit Marmelade und biß ein halbmondförmiges Stück heraus. Mit Mathe fing ich an. Hugo saß immer noch in derselben Haltung da. Er sah aus, als warte er auf sein Abendessen.

»Was hast du denn auf?« fragte er aus der Ecke her. Ich hielt das Buch in die Höhe und zeigte es ihm. Er kam an den Tisch und sah sich die Aufgabe an. Integrationsrechnung habe ich schon immer schwer gefunden. Er setzte sich auf den Stuhl neben mir und geleitete mich so sicher durch die Aufgabe, daß ich nur halb so lange brauchte wie sonst. Im Rücken meines Schulhefts häuften sich Brotkrumen, und ich mußte sie erst wegpusten, bevor ich es schließen konnte. Er half mir auch bei den Hausaufgaben in Latein, Französisch und Physik, wobei er mir alles erklärte und erläuterte.

Es zeigte sich, daß er ruhig und nachdenklich war, mit einem großartigen Gespür für das Lächerliche. Er sprach mit dem starken Akzent seiner Gegend, fast immer voller Selbstvorwürfe. Wenn er lachte, war es kein wieherndes Gelächter wie bei Paul, der beim Lachen den Kopf zurückwarf. Vielmehr neigte er den Kopf auf die Brust und schüttelte sich leise, als müsse er ein Lachen unterdrücken. Ich habe deswegen in einem Thesaurus nachgeschlagen, aber ich finde einfach kein Wort, das geeignet wäre, Hugos Lachen zu beschreiben. Die Wörter für verhaltenes Gelächter – »kichern«, »gicheln« – haben immer die Konnotation von Schäbigkeit. Das Synonymwörterbuch verzeichnet auch »gickeln« und »gibbeln«, aber diese sind wertlos. Da kommt »glucksen« der Wahrheit schon näher, doch bleibt es immer noch so unscharf, daß es fast unbrauchbar ist. So muß ich mich denn mit »lachen« begnügen.

Kurz nachdem er eingezogen war, wurde ich Zeuge seines Lachens. Paul machte sich allmählich Sorgen um seine Schlappheit und seine mangelnde Kondition und hatte sich ein Buch über Yoga angeschafft. Meine Mutter hatte sich die Bilder in dem Buch angeschaut und ihn damit aufgezogen, daß ihm keine der Figuren glücken werde. Nach dem Abendessen gingen Paul, Hugo und ich ins Wohnzimmer, um ein paar Stellungen auszuprobieren. Einige davon brachte ich zuwege, wahrscheinlich wegen meines Alters und meiner Geschmeidigkeit, Paul jedoch rollte auf dem Teppich umher, ächzte, rang nach Atem und verrenkte sich. Mit Hilfe Hugos, der seine Beine in die richtige Stellung drückte, vermochte er schließlich den »Pflug« zu vollführen. Er lag auf dem Rücken, und seine Beine berührten mit den Knöcheln seinen Hinterkopf. Sein Hosenboden war straff gespannt und glänzte. Mit erstickter Stimme bedeutete er mir, meine Mutter zu holen. Diese wollte sich das Kunststück nicht entgehen lassen und kam herbei, die

Hände trocknete sie sich an der Schürze ab. Inzwischen war Pauls Gesicht, das zwischen seinen Knöcheln eingeklemmt war, fast purpurrot angelaufen.

»Wetten, daß Sie das keine dreißig Sekunden mehr aushalten?« sagte meine Mutter.

»Kann ich wohl«, keuchte Paul. Alles wartete und beobachtete ihn. Da ließ er plötzlich einen deutlich hörbaren Furz, einen leisen alterierten Pfeifton. Unter brüllendem Gelächter schnellte sein Unterleib zurück, und vor Erschöpfung gekrümmt, blieb er auf dem Boden liegen. Mutter heuchelte Entsetzen und warf ihm wüste Beschimpfungen an den Kopf. Hugo ließ sich in den Sessel fallen, neigte das Kinn auf die Brust und schüttelte sich hilflos. Als wir uns alle wieder gefangen hatten – meine Mutter wischte sich mit dem Schürzenzipfel die Augen, und Paul schüttelte ungläubig den Kopf, daß ausgerechnet ihm so etwas passieren mußte –, bemerkten wir, wie Hugo in seinem Sessel noch immer schweigend und hemmungslos in sich hineinlachte. Damit löste er bei uns einen neuerlichen Lachanfall aus. Selbst beim Abendbrot noch konnte man erleben, wie Hugo heftig in sich hineinlachte.

Ungefähr zwei Monate später kam Besuch für Paul, und ich rannte nach oben in sein Schlafzimmer, um nachzusehen, ob er da sei. Er war nicht da, statt dessen saß Hugo in Unterhosen mitten auf dem Boden – und zwar in einer Position vollkommener Ruhe: Zeigefinger und Daumen berührten einander, die Hände entspannt mit den Handflächen nach oben, die Beine gekreuzt. Sein Kopf ruhte auf seiner Brust, und er schien kaum zu atmen. Ich neige dazu, mich im Haus leise zu bewegen, und so bemerkte er mich nicht. Ich sprach ihn auch nicht an, sondern stieg wieder die Treppe hinunter zur Tür.

Ich habe diesen frühen Zeitraum immer wieder an mir vorüberziehen lassen, um herauszufinden, ob sich die Tragödie, die folgen sollte, daran ablesen lasse, doch kann ich nichts finden. Nicht die geringste Andeutung. Das einzige, was sich, wenn ich es im nachhinein bedenke, als Anzeichen seines Gemütszustandes deuten ließe – und selbst das ist wissenschaftlich anfechtbar – war die Art, wie er schlief.

Der letzte Bankangestellte, der uns verblieben war, Harry Carey, beschloß gelegentlich, am Wochenende nach Hause zu fahren. Dadurch wurde im Zimmer neben Paul und Hugo ein Bett frei, und ich pflegte meiner Mutter damit in den Ohren zu liegen, daß sie mich bei den Jungen schlafen lassen sollte. Zunächst weigerte sie sich standhaft, doch eines Tages, als Harry nach Hause gefahren war, bekam Paul zufällig mit, wie ich sie anbettelte, und es gelang ihm, sie zu überreden.

»Aber ja, lassen Sie ihn nur ruhig bei uns schlafen, wenn's ihm Spaß macht«, sagte er.

»Nun gut, wenn *Sie* nichts dagegen haben. Aber nur für eine Nacht. Daß mir das nicht zur Gewohnheit wird.«

Doch es wurde zur Gewohnheit. Jedesmal, wenn Harry nach Hause fuhr, zog ich bei Paul und Hugo ein. Dort lag ich – selbst wenn sie tanzen gegangen waren – so lange wach, bis sie zu Bett gingen, und lauschte ihrer Unterhaltung bis in die frühen Morgenstunden. Paul, der keine Schlafanzugjacke trug, saß im Bett auf und rauchte. Immer wenn er an seiner Zigarette zog, wurden sein Kinn und seine Nase im Dunkeln von einer roten Glut erhellt. Das Zimmer roch großartig nach Erwachsensein.

»Die Blondine hatte ein Auge auf dich geworfen, Qugo«, sagte Paul.

»Welche?« fragte Hugo. Wenn man einmal von der Selbstverherrlichung absah, die seine Bemerkung implizierte, so hatte es den Anschein, als sei da eine gutgebaute Blondine gewesen, die Hugo mit einem Schulterklopfen zum Tanzen aufgefordert hatte. Als sie sich umwandte, stellte sich heraus, daß sie entsetzlich schielte.

Ich hörte, wie sich Hugos pfeifendes Lachen mit dem Rascheln von Bonbonpapier verquickte. Er fragte mich, ob ich ein Bonbon wollte. Paul strich ein Zündholz an, in dessen Schein ich das Bonbon auffing, das mir zugeworfen wurde. Kauend versuchte Hugo die Frage zu beantworten, die Paul ihm soeben vorgelegt hatte: nämlich was er von seiner idealen Frau erwarte? Beim Klang seiner Stimme nickte ich oft ein.

Als ich eines Nachts wieder einmal bei ihnen schlief, wachte ich aus irgendeinem Grunde auf und konnte nicht wieder einschlafen. Plötzlich hörte ich ein Geräusch, das mir Angst einjagte. Eine Mischung aus Knirschen und Quietschen, ein rauhes, wenn auch nicht lautes Geräusch, das bei mir die gleiche Übelkeit auslöste wie das Kratzen einer scharfen Dosenkante auf Marmor oder Ziegelstein. Es wurde wieder still im Zimmer. Meines Erachtens kam das Geräusch von Hugos Bett herüber. Da setzte es schon wieder ein, diesmal lauter. Ich kroch aus dem Bett und versuchte, dem Geräusch nachzugehen. In der Dunkelheit ertönte es wieder und wieder. Ich schaltete die Nachttischlampe ein und betrachtete Hugos Gesicht. An seinem Kiefergelenk trat ein vibrierender Muskelknoten hervor, daraufhin bewegte sich sein ganzer Unterkiefer langsam von einer Seite zur andern und erzeugte das besagte Geräusch. Hugo knirschte im Schlaf mit den Zähnen. Als ob Flintsteine unter entsetzlichem Druck langsam gegeneinander gerieben würden. Es war ein Geräusch, wie ich es weder vorher noch hinterher je vernommen habe. Er sah bleich aus und war ohne seine Brille und mit zerzausten Haaren gar nicht wiederzuerkennen. Erst nach einer Ewigkeit hörte er auf, mit den Zähnen zu knirschen, und ich konnte weiterschlafen.

Später erzählte er mir, daß er sehr schlechte Zähne habe – halbverfault, sagte er –, aber er schien erfreut, daß Joyce an denselben Beschwerden gelitten hatte.

Etwa um diese Zeit begann Hugo mir dabei zu helfen, mein Stottern zu bezwingen. Meine Mutter hatte mich zu einer Sprecherzieherin und Logopädin geschickt, aber das hatte nur wenig gefruchtet. Ich blieb immer noch stecken. Ich konnte die Frau, die mich unterrichtete, nicht leiden, ihr roter Mund zog sich immer zusammen wie eine Seeanemone.

»Schau meine Lippen an. Jetzt sag uuu ... uuu ... uuu.« Sie hatte eine dicke Schicht scharlachroten Lippenstifts aufgetragen. Ihr zuliebe wollte ich mir keine Mühe geben, und so scheiterte ich.

Eines Tages saugte ich die Stiege und sang dabei. Auch wenn ich für das Staubsaugen Taschengeld bezog, war es eine Aufgabe, die mir Spaß machte. Der Staubsauger gab zwei tiefe Grundtöne von sich: einen, wenn er im Leerlauf war, den anderen eine Idee höher, wenn ich die Düse auf den Teppichboden drückte. Über diesem Ostinato sang ich meine Lieder. Eines, das sich auf diese Weise recht gut begleiten ließ, war »Ich weiß, daß mein Erlöser lebet« aus dem *Messias*, und ich sang es gerade aus voller Kehle – übrigens stand ich kurz vor dem Stimmbruch –, als Hugo hinter mir die Treppe heraufkam. Als ich die Arie zu Ende gesungen hatte, mimte er angesichts des lärmenden Staubsaugers Beifall.

Als ich mit Staubsaugen fertig war, fragte er mich, wie die erste Zeile der Arie laute, die ich da gesungen hätte.

»I . . . I . . . I . . . Ich w-weiß, d . . . da . . . daß mein Erlöser l . . . le . . . le . . .«

»Siehst du«, unterbrach er mich, »singen kannst du das perfekt, nur sagen kannst du es nicht.«

Ich war verlegen. Das hatte mir bis dahin noch nie jemand gesagt. Nur meine Mutter und meine Logopädin sprachen offen darüber. Alle anderen warteten ab oder, was schlimmer war, halfen mir darüber hinweg. Ich stand auf und versuchte, das Zimmer zu verlassen.

»Warte einen Augenblick«, rief Hugo mir nach. »Komm her!« Ich blieb stehen.

»Wenn du ein Mann des Geistes werden willst, mußt du dich artikulieren können. Wie es im Augenblick um dich bestellt ist, verschenkst du bei deinem Gestammel deine halben Chancen. Ich weiß, es ist nicht dein Problem, aber du kennst doch diese Leute, die einem sagen, daß sie ganz erfüllt sind von *irgend etwas*, von Gedanken, Gefühlen, Empfindungen. Bittet man sie jedoch, dieses Etwas zu benennen, so zucken sie mit den Achseln und blicken empfindsam drein. Du mußt in der Lage sein, es zu sagen oder zu schreiben – wenn du das nicht schaffst, dann ist es eben kein Gedanke, sondern ein Instinkt – wie Hunde ihn haben. Sieh dir Paul an«, sagte er und verfiel in einen Lachkrampf, »er kann mit beiden Öffnungen sprechen. Also, mein Junge, wir müssen dich zum Sprechen bringen.«

Meinen Sprachfehler behandelte er offen und ohne Umschweife und sagte mir, er habe eine Therapie entwickelt, die mir helfen könne. Er behauptete, mich mit der »Rhythmusmethode« heilen zu wollen, was er augenscheinlich komisch fand. Erst ließ er mich einen Vers singen. Dann hieß er mich einen langsamen Rhythmus festlegen: Ich sollte mit dem Finger auf die Tischplatte klopfen und die Wörter dem Takt entsprechend in Silben aufteilen. Allmählich beschleunigte ich den Rhythmus, und die Wörter folgten im Takt. Nach etlichen Stunden, in denen ich beträchtliche Fortschritte erzielt hatte, verzichtete ich auf das Tischtrommeln und klopfte heimlich mit dem Fuß wie zu einem Musikstück. Im Laufe der Monate wurde meine Darbietung immer schneller. Schließlich verschwanden alle äußeren Anzeichen eines Rhythmus, und Weihnachten darauf konnte ich, ohne zu stocken, lange Satzperioden sprechen – zwei oder drei Sätze hintereinander, mochten sie auch noch so monoton und unmelodisch klingen. Selbst heute noch hole ich, wenn ich vor Beginn einer Vorlesung für meine Studenten nervöse Anwandlungen habe, mehrmals tief Luft und lege hinter dem Schutzschild meines Schrägpults einen Klopfrhythmus fest. Dann erst beginne ich mit meiner Vorlesung.

Nun, da ich meine Geschichte in Angriff genommen habe, will ich einen Moment verhalten, um zu erläutern, wessen ich mich anheischig mache und weshalb. Zunächst einmal handelt es sich gar nicht um eine Geschichte. Was ich bisher geschildert habe, ist keineswegs eine erfundene Geschichte, sondern eine Lebensgeschichte, also eine Biographie. An dieser Stelle muß ich gestehen, daß ich beim Abfassen der voranstehenden Seiten größten Schwierigkeiten ausgesetzt war – wie ich sie beim Schreiben nie zuvor erlebt habe. Allerdings habe ich auch noch nie zuvor etwas derartiges zu schreiben versucht. Wenn ich mich hinsetze, um einen kritischen Artikel oder eine Vorlesung auszuarbeiten, scheinen mir die Worte nur so aus der Feder zu strömen. Ja, meine allererste Aufgabe besteht darin, die Zahl der Wörter zu begrenzen. Ich setze mir zum Ziel, meine Gedanken in so wenig Wörter wie möglich zu kleiden. Hier hingegen tue ich das genaue Gegenteil und versuche, einige wenige Fragmente zu etwas Umfangreichem aufzublähen. Selbstverständlich bin ich auf diesem Gebiet kein Neuling. Mein Buch über Sir Aubrey de Vere (1788–1846) ist eine Art Biographie, doch gewährte mir in diesem Fall die Familie Zugang zu sämtlichen Papieren, Briefen, Tagebüchern und nachgelassenen Gedichten. Heute hingegen kann ich auf nichts als einige Erinnerungen zurückgreifen.

Mit am schwierigsten sind die Änderungen, die ich an meinem Stil habe vornehmen müssen. Ich finde es mißlich, meinen gewöhnlichen Schreibstil abmildern zu müssen. Einfache Sprache ist für mich etwas Unnatürliches, ebenso mühselig wie das Lichten einer Waldung.

Weshalb schreibe ich überhaupt? Vielleicht um meine Achtung zu bezeigen, vielleicht um meine Schuldgefühle zu beschwichtigen. Ich schulde es Hugo einfach. Wäre da nicht jener von ihm verfaßte Roman gewesen, so glaube ich nicht, daß ich es auf den Versuch hätte ankommen lassen, meine Gedanken zu artikulieren.

Ich weiß, was für eine zweifelhafte Eigenschaft Aufrichtigkeit ist, wenn ich sie in einem Stück Literatur vorfinde. Der Kritiker in mir ruft aus: »Sie ist unwichtig« – doch eine andere Stimme in mir beharrt ebenso laut: »Wenn ich nicht aufrichtig bin, ist, was ich tue, wertlos.« Ebenso ist Wahrheitstreue – die Tatsachen, wie sie sich wirklich zugetragen – in der Literatur ohne jeden Nutzen; dennoch beabsichtige ich, mich so eng an die Wahrheit zu halten, wie mein Gedächtnis es mir verstattet. Ich muß ehrlich sein.

Eines Tages, als Paul und Hugo für ihre Abschlußprüfung paukten, beschlossen sie, sich den Nachmittag freizunehmen und einen Spaziergang zu machen. Als ich sie darum bat, erklärten sie sich bereit, mich mitzunehmen, und sagten meiner Mutter, es mache ihnen keine Umstände. Wir liefen über Cave Hill, den bewaldeten Hügel, der die Stadt beherrscht, und die beiden Männer unterhielten sich. Nach einer Weile drehte Paul sich zu mir um und sagte: »Und was wirst du mit deinem Leben anfangen? Man sagt, du seist ein Wunderknabe!«

»Ich w... w... weiß nicht«, erwiderte ich. »Ich glaube, ich möchte auf die Un ... Un ... Universität.«

»Aha, aber was möchtest du studieren? Welche Fakultät beabsichtigst du mit deiner Gegenwart zu beehren?« Die

Art, wie er mit mir sprach, stimmte mich ein wenig verlegen, aber trotzdem antwortete ich ihm.

»Ich glaube, ich möchte G... G... Geisteswissenschaften studieren. Ich bin wißbegierig...«

»Du bist verrückt. Die Naturwissenschaften sind das einzige, was Zukunft hat. Ob du's willst oder nicht, mein Junge, du mußt dir in dieser Welt deinen Lebensunterhalt verdienen«, sagte Paul. »Und das kannst du am besten mit einem naturwissenschaftlichen Abschluß. Wenn du Wißbegierde verspürst, wie kannst du da etwas *anderes* als Naturwissenschaftler werden wollen?«

»Ich muß abwarten, in welchen Fächern ich gut abschneide. Ich mache A... A... A...«

»Abitur«, sagte Paul.

Wie zum Hohn sang im Wäldchen ein Vogel: »Tschilp... tschilp... tschilp...«.

»In Englisch, L... L... Lateinisch, Physik und Chemie – ich kann mich also immer noch entscheiden.«

»Was weiß der schon! Hört nicht auf ihn«, sagte Hugo. »Die Naturwissenschaften betrachten die Dinge nur an der Oberfläche. Wenn du wirklich Wißbegierde verspürst, studiere Philosophie oder Literatur. Pauls Kopf wimmelt von grauen Zellen – mit meinem steht's etwas anders«, und hier lachte er. »Außerdem kann die Welt der Naturwissenschaft sehr boshaft und engstirnig sein. Um einen Artikel zu veröffentlichen, würden sie dir an die Kehle springen. Ich hab' sie bei der Arbeit gesehen.«

»Wo wäre die Welt heute ohne ihre Naturwissenschaftler?« rief Paul aus.

»Du irrst dich nicht oft, Paul«, sagte Hugo, »doch diesmal irrst du. Sieh dir diese Bäume an.« Die Sonne fiel schräg in das Dickicht des Waldes zu unserer Rechten und sprenkelte den Boden gelb und braun. Die letzten Überreste von Glockenblumen bedeckten den Waldboden mit einem benzinblauen Film. »Schau nur. Ein Naturwissenschaftler kann uns etwas über Phloem und Xylem und Pfahlwurzeln und Chromosomen sagen, aber nicht, wie es sich ausnimmt oder sich anfühlt. Außerdem ist das sowieso alles Unsinn. Zwischen Geisteswissenschaften und Naturwissenschaften gibt es keinen Streit. Der ist längst erledigt. Wir sprechen über den jungen Mann hier. Was für ihn am besten ist. Welches Fach macht dir denn am meisten Spaß?«

»Ich dachte, du seist Pharmazeut«, sagte ich zu Hugo.

»Bin ich auch.«

»Warum redest du dann so, als wüßtest du über die Geisteswissenschaften genauestens Bescheid?«

Statt seiner antwortete Paul: »Hugo hat 'ne Menge Leichen im Keller.« Er hielt sich die Hand vor den Mund und zischelte: »Qugo liest Bücher.« Wenn Paul ihn necken wollte, sprach er seinen Namen mit einem Q aus. Hugo ignorierte ihn und erwiderte: »Literatur ist die Wissenschaft vom Gefühl. Der Künstler analysiert, woraus Gefühle bestehen, dann versucht er im Leser auf die eine oder andere Weise die gleichen Gefühle zu erzeugen. Wieviel scharfsinniger ein solches Experiment ist, als eine alte Badewanne überfließen zu lassen! Was glaubst du, wie viele Gefühle lassen sich erzeugen? Gibt es ein Periodensystem der Gefühle? Nuancen. Darin liegt das Geheimnis. Die Spektrallinien zwischen Mitleid und Mitgefühl. Literatur ist der Zwischenraum zwischen Wörtern. Sie füllt die Lücken, die

die Sprache offen läßt. Im Englischen gibt es nur ein Wort für Liebe, aber wie viele unterschiedliche Arten der Liebe gibt es in der Literatur?«

Paul lachte und legte Hugo den Arm um die Schultern, als bringe er ihn mir dar.

»Das ist Hugo in Hochform«, sagte er. »Ob man ihn mag oder nicht, einen zweiten solchen Blödkopp wie ihn gibt es nicht.«

Während Hugo gesprochen hatte, war sein Gesicht ernst und angespannt gewesen. Seine Brille hatte er auf dem Grat der Nase hin- und hergerückt. Als Paul ihn mir vorstellte, lachte er, und das Gespräch wandte sich von meiner Zukunft einem anderen Thema zu.

Während der ganzen Zeit unserer Bekanntschaft sammelte Hugo keine Bücher. Er hatte kein Bücherregal – nein, das ist nicht wahr, er hatte ein Bücherregal, aber auf diesem standen lediglich seine Pharmazielehrbücher, wuchtige, dicke Folianten, die mit Benzolringen, ihrem Pendant NH_2 und ihren Ablegern OH und HPO^4 gespickt waren. Später fand ich heraus, daß die Quelle für seine ausgedehnte Lektüre die öffentliche Bücherei war. Man konnte kaum ein Buch erwähnen, das er nicht gelesen hatte. Manchmal, wenn ich für einen Aufsatz ein Buch auftreiben mußte, das in der Universitätsbibliothek nicht vorhanden war, sah ich ihn in einer Ecke der Präsenzbibliothek, wo er sich verborgen hielt und las. Ich legte stets Wert darauf, auf ihn zuzugehen und ein paar Worte mit ihm zu wechseln.

Kurz nach unserem Gespräch im Wald erfuhren wir, daß Paul bei der Abschlußprüfung durchgefallen war. Hugo hingegen hatte sie mit Auszeichnung bestanden. Die gedrückte Stimmung, die das Haus erfüllte, war mit Händen zu greifen. Zum erstenmal erlebte ich Paul niedergeschlagen. Er saß, das hübsche Gesicht unrasiert, im Sessel, rauchte und starrte aus dem Küchenfenster auf die Brüstung der Hinterhofmauer. Hugo mußte seine Begeisterung über das hervorragende Resultat bezähmen, doch tat Paul ihm aufrichtig leid. Ich hatte gerade mein Abitur hinter mich gebracht und war zuversichtlich, daß ich gut abgeschnitten hatte.

»Nächstes Jahr aber bestimmt«, sagte Hugo zu Paul.

»Genau das geht mir so an die Nieren – daß ich das ganze langweilige Zeug wieder über mich ergehen lassen muß.«

»Jaja, ich weiß«, sagte Hugo.

»Ganz schön Scheiße, wenn man durchfällt«, sagte Paul. »Als ich den Prüfungsausschuß vor mir sah, ist mir einfach das Herz in die Hose gerutscht. Gerade so, als meinten die's persönlich. Die sagen dir: du taugst nichts. Herrgott, und dabei hab' ich so schwer gebüffelt.«

»Ich weiß – aber es gibt schlimmere Sachen, bei denen man durchfallen kann«, sagte Hugo.

»Da wüßte ich keine.« Paul hielt inne und kaute an den Fingernägeln. »Aber das mit dir ist toll. Ich freue mich wirklich für dich. Was wirst du jetzt so tun?«

»Taggart sagt, daß er mich dabehalten will. Somit hätte ich jetzt eine Stelle. Ich glaube, ich werde auch erst einmal hier bleiben und dir nächstes Jahr unter die Arme greifen.«

Aufgeregt rannte ich zu Mutter hinaus, um ihr zu sagen,

daß Hugo und Paul ein weiteres Jahr bei uns wohnen bleiben würden.

Wenn ich mir durchlese, was ich bisher geschrieben habe, befürchte ich, daß ich ein falsches Bild von Hugo gezeichnet habe. Weil ich alles, was er sagte, genau so aufzeichnen wollte, wie ich es in Erinnerung hatte, rufe ich den Eindruck hervor, als sei er gesprächig und gesellig gewesen. Dies war jedoch keineswegs der Fall. Über weite Zeitstrecken – oft wochenlang – hörte ich ihn außer dem wenigen, was gute Umgangsformen erheischten, kein einziges Wort sagen. Dann schien er mißmutig, schlang sein Essen hinunter und verschwand im Schlafzimmer oder unternahm einsame Spaziergänge. Zu solchen Zeiten fiel mir auf, daß Paul ihn in Frieden ließ, wohl mit ihm sprach, wenn er dazu genötigt war, von sich aus jedoch kein Gespräch anknüpfte, um Hugo etwa von seinen Grillen zu befreien. Nachdem er seine Abschlußprüfung bestanden hatte, trat seine Selbstisolation zunehmend häufiger auf. Lange Jahre später erzählte mir Paul, daß Hugo während dieser Zeit auf Hochtouren an seinem Roman schrieb. Sogar meine Mutter ließ Bemerkungen über seine Wortkargheit fallen.

»Bei dieser Laune kann der Bursche ja nicht einmal einem Hund ein Wort vorwerfen! Wenn er auszieht, werde ich froh sein, ihn endlich von hinten zu sehen.«

Sie brauchte nicht lange zu warten, denn im folgenden Frühjahr gab Hugo bekannt, daß er auszuziehen gedenke. Da er inzwischen Geld verdiente, hatte er eine Hypothek aufnehmen können und sich unweit unseres Hauses ein eigenes Häuschen gekauft. Er sagte, er wolle auch seine Familie bei sich einquartieren. Ich war überrascht, daß er Familie hatte, da er diese niemals so recht erwähnt hatte. Es war etwas, was ich eigentlich nie mit ihm assoziiert hatte. Als er auszog, kaufte er meiner Mutter ein Perlenkollier, und sie nahm alles zurück, was sie über ihn gesagt hatte.

»Ein komischer Kauz, aber ein gutherziger Junge.«

Um diese Zeit war ich Erstsemester an der Universität und studierte Englische Philologie. Vor seinem Auszug hatten wir einige gute Gespräche über Joyce geführt. *Ein Porträt des Künstlers als junger Mann* war eins der Bücher, die ich studierte. Es stellte sich heraus, daß er enorm viel über Joyce wußte, jedes Wort von ihm gelesen hatte und fast jedes Wort, das über ihn geschrieben worden ist. Zu dieser Zeit schien ihn ein Problem mehr als jedes andere zu beschäftigen: die Tochter von Joyce, die irgendwo in England in einer Irrenanstalt einsaß. Er behauptete, Joyce habe sie der Kunst geopfert. Er habe sie, ohne ihr Geborgenheit, ein Zuhause, ein Leben zu bieten, durch ganz Europa, von Paris über Triest nach Zürich, geschleppt, bis sie wahnsinnig geworden sei. Für ihren Zustand habe Joyce sich später stets verantwortlich gefühlt.

»Aber glaubst du«, fragte Hugo, »es wäre besser gewesen, wenn Joyce sich in Rathgar niedergelassen und kein einziges Wort geschrieben hätte? Seine Kleine wäre womöglich normal geblieben. Wäre die Welt deswegen reicher oder ärmer? Würdest du einen Joyce mit einer normalen Tochter oder einen Joyce mit dem *Ulysses* bevorzugen?«

»Ich weiß, wie die Antwort ausfiele«, sagte ich, »wenn du diese Frage der Tochter von Joyce vorlegtest.«

»Ein gutes Argument«, lachte er, aber dann wurde er

ernst. »Bei mir gibt es keinen Zweifel daran, was ich wählen würde.«

Er half mir sehr mit dem *Porträt* und verschaffte mir Einsichten, zu denen meine Tutoren und Dozenten nach meinem Dafürhalten nicht in der Lage gewesen wären.

»Kann ich dich mal bei dir zu Hause besuchen?« fragte ich.

»Wir könnten uns abends in einer Kneipe verabreden, wenn du magst. Trinkst du denn schon Alkohol?«

»Klar doch«, sagte ich, obwohl ich normalerweise nicht mehr als zwei Halbe schaffte. »Aber verrat das bloß nicht meiner Mutter.«

Erst an dem Abend, an dem Paul seine erfolgreich bestandene Prüfung feierte, sah ich ihn wieder. Weil aber das Zimmer überfüllt war und alle beschwipst herumlärmten, konnte ich mit ihm nicht ernsthaft reden.

Einige Monate später hatte ich mich freiwillig für ein Referat über »Ein betrüblicher Fall«, eine der Kurzgeschichten aus Joyces *Dubliner*, gemeldet und wollte Hugos Ansichten zu diesem Thema einholen. Ich besorgte mir seine Adresse, die er bei meiner Mutter hinterlegt hatte, um sich seine Post nachschicken zu lassen, und ging eines Tages nach dem Abendessen zu ihm.

Es war ein kleineres Reihenhaus. Wie bei einem Sterbehaus waren in sämtlichen Fenstern die Papierrouleaus heruntergelassen. Ich läutete, und eine ältliche Frau öffnete mir. Ihre grauen Haare standen ab, als hätte sie einen elektrischen Schlag bekommen. Sie lächelte breit.

»Ist Hugo da?« fragte ich. Sie lehnte die Tür an, ließ mich

auf der Stufe stehen und ging fort. Dann kam Hugo zur Tür und zupfte nervös an der Taille seines Fairisle-Pullovers.

»Komm nur herein«, sagte er. Er schien verwirrt und verlegen. In der Diele blieb er stehen und lehnte sich gegen die Wand. »Was kann ich für dich tun?«

»Ich dachte nur, wir könnten vielleicht einen trinken gehen, wie verabredet. Es ist wieder etwas mit Joyce. Ich würde gern deine Meinung dazu hören.«

»Ich muß mich erst rasieren«, sagte er und rieb sich das Kinn. Dann wandte er sich geheimnistuerisch um und wisperte: »Hier hinein!«

In diesem Augenblick öffnete die Frau mit den elektrischen Haaren die Tür zum anderen Zimmer und fragte: »Wo ist dein kleiner Freund, Hugo? Willst du ihn mir nicht vorstellen?«

Hugo machte mich mit seiner Mutter bekannt und sagte beim Hinausgehen, er werde sich beeilen. Es war das Ende eines Sommertags, und die Luft war kühl. Hugos Mutter versuchte im Knien, ein Feuer anzuzünden. Auf der Anrichte und an der Wand konnte ich im Dämmerlicht gerade noch einige ungerahmte Bilder ausmachen. Kindlich abstrakte Gemälde und verschiedene primitive Versuche, Gestalten zu malen, die ich für Don Quijote und Sancho Pansa hielt.

»Also deine Mutter hat sich drei Jahre um meinen Hugo gekümmert?« fragte sie.

»Das st... st... st... stimmt.«

»Und obendrein sehr gut. Er hat sich nie wohler gefühlt. Jetzt nimmt er ab. Ich kann mich nicht um ihn kümmern.«

Sie sprach all diese rasch hingeworfenen Sätze über die Schulter hinweg.

»Kannst du gut Feuer machen? Na ja, vermutlich nicht.« Das Feuer war bereits nach dem ersten Versuch erloschen. Jetzt streute sie aus einer Schüssel Zucker Löffel um Löffel auf die Kohlen. Sie knüllte Zeitungspapier zusammen, legte es auf die Kohlen und zündete es an.

»Ich glaube, Kohlen lassen sich leichter anzünden, wenn sie warm sind«, sagte sie. Die Flammen von dem Papier züngelten zum Schornstein hinauf und gingen wieder aus. Der Zucker schmolz und bildete einige Blasen, dann wurde er braun. Don Quijotes weißer Klepper war dürr wie ein Stock und wirkte flach. Sancho Pansas Maulesel war, falls das überhaupt möglich war, noch schlechter gezeichnet und die Farbe überall verschmiert.

»Feueranzünder sind prima«, sagte die alte Frau. »Aber wir haben keine. Ich finde, sie verräuchern das Haus.«

Plötzlich ging die Tür auf, und in der Erwartung, Hugo zu sehen, drehte ich mich erleichtert um, aber es war jemand anders – ein Junge etwa meines Alters, der genau denselben Fairisle trug, den Hugo vor zwei Minuten angehabt hatte. Der Junge sah schwachsinnig aus: stumpfe Gesichtszüge, leerer Blick, zuckende Muskeln. Er sprach unverständlich und mit belegter Stimme: »Guu Taa.«

Hugos Mutter stellte mich seinem Bruder vor, und ich schüttelte ihm die Hand. Er lachte, Speichel glänzte auf seinem Kinn, und er schien hocherfreut, mich zu sehen. Hugos Rasur schien Stunden zu beanspruchen. Ich war schweißgebadet, und sobald er eintrat, erhob ich mich, um zu gehen. Hugos Bruder streckte mir die Hand entgegen und sagte etwas, das ich nicht einmal ansatzweise verstand. Hugo ging auf ihn zu, fuhr ihm übers Haar und drückte ihn mit einem Arm freundlich an sich.

»Ganz bestimmt, Bobby, ganz bestimmt«, sagte er. Als wir hinausgingen, brannte das Feuer immer noch nicht. Es war ein frischer, klarer Abend.

»Was wollte dein Bruder?« fragte ich.

»Ich hatte ihm versprochen, daß wir zusammen malen.«

»Hat er die ganzen Don Quijotes an der Wand gemalt?«

»Nein, die sind von mir«, sagte Hugo. Es war mir äußerst peinlich, daß ich seine Gemälde seinem schwachsinnigen Bruder zugeschrieben hatte, doch ihm schien es überhaupt nichts auszumachen.

»Du bist wohl ein naiver Maler«, sagte ich und versuchte mich einigermaßen charmant aus der Situation zu retten.

»Wenn du meinst. Bobby malt gerne. Für ihn ist es auch eine Art Therapie. Wenn ich male, ermuntere ich ihn, mitzumachen. Er wird schon besser.«

»Ja.«

»Du mußt Nachsehen mit meiner Mutter haben. Sie ist etwas absonderlich. Sie hat eine Menge durchmachen müssen, mit Bobby und alldem.«

Zu den Dingen, die ich später von Paul erfuhr, gehörte auch, daß Hugos Vater Selbstmord begangen hatte, indem er den Kopf in den Gasofen steckte.

In der Kneipe setzten wir uns hin und tranken einen Halben.

»Wie steht's mit deiner Stelle?« erkundigte ich mich.

»Mit welcher Stelle?«

Taggart hatte ihn rausgeschmissen. Eine Anstellung in

einer anderen Apotheke hatte er aufgegeben. Jetzt machte er nur noch Vertretung.

»Da gibt's mehr Geld«, sagte er. »Ich hab' gemerkt, daß ich die Kunden nicht ausstehen konnte. Die kommen in den Laden, schniefen und hüsteln und richten den Blick nach unten. Für die zählt gar nichts. Sie sind ja so dumm. Ich hasse das, wenn du einen Witz machst – absichtlich, weißt du –, und du bedienst irgendeinen Blödian, der sich einbildet, du wüßtest nicht, was du da eben gesagt hast. Dann versucht er den Witz mit irgendeiner Bemerkung zu unterstreichen und reklamiert ihn für sich. Verstehst du, was ich meine? Das ist so, wie wenn ein erwachsener Mann stolz darauf ist, daß er die sechs Bonbons gefunden hat, die im Bild versteckt sind. Mir fällt jetzt gerade kein Beispiel ein, aber es passiert hundertmal am Tag. Nur weil sie selbst nicht intelligent sind, erwarten sie nicht, daß andere es sind.«

»Eine Stelle ist eine Stelle«, sagte ich.

»Ich bin nun mal nicht so aalglatt und reizend wie Paul. Die Leute halten mich für mürrisch. Taggart, dieser Scheißkerl, fand mich unverschämt. Ich habe mich auf einen Posten in einer Krankenhausapotheke beworben. Da muß man sich wenigstens nicht mit Leuten herumschlagen.«

Wie wir so tranken, wurde er immer gesprächiger. Er erzählte mir Dinge über sich, von denen ich nichts geahnt hatte. Eine Zeitlang hatte er anderswo ein Priesterseminar besucht. Ein Jahr lang war er Journalist an einem kleinen Provinzblatt gewesen. Dann bekannte er sich dazu, einen Roman geschrieben zu haben. Diese Neuigkeit stimmte mich ganz aufgeregt.

»Den mußt du mir zu lesen geben.«

»Vielleicht irgendwann einmal. Bisher sind's etwa 250 000 Wörter, aber ich bin mir nicht sicher, ob er wirklich schon fertig ist.«

»Donnerwetter, das ist aber 'ne ganze Masse. Wovon handelt er denn?«

»Ich spreche nur ungern darüber. Aber wenn ich ihn dir zu lesen gebe, mußt du ehrlich sein.« Mit einem Nicken versprach ich es ihm. »Ich will nicht nur einfach gut sein. Mein Buch soll *bedeutend* werden. Muß es werden.« Er lachte und sagte: »So rede ich, wenn ich unter Alkohol stehe.«

»Willst du mir nicht verraten, worum es geht?« fragte ich von neuem.

»Nein. Aber ich will dir einen Anhaltspunkt geben.«

Ich holte ihm noch ein Bier, mir selbst aber keins mehr. Ich wurde langsam beschwipst, und ich wollte doch hören, was er zu sagen hatte.

»Es ist alles eine Sache der Juxtaposition. ›Schnittpunkte‹ wäre vielleicht ein besseres Wort. Zwei Dinge ereignen sich gleichzeitig, und wir erhalten ein Resultat, das mehr ist als die Summe der Einzelteile.«

»Wie die Joyceschen Epiphanien?«

»Ja, so ähnlich, aber Juxtapositionen sind nicht dasselbe. Eine meiner jüngsten war – auf einem Klostergelände wohnte ich einer Messe unter freiem Himmel bei, es gab da eine Popgruppe, die die Hymnen äußerst miserabel spielte, und genau vor mir befand sich ein Rosenstrauch. Er hatte noch nicht geblüht, die Knospen waren noch grün und mit Blattläusen übersät. Die Blätter waren völlig zerfressen und von Brandflecken überzogen. Das ist so in etwa das, was ich meine. Beides war verunstaltet, doch aus der Vereinigung beider Erfahrungen ergibt sich ein Drittes.«

»Ich glaube, ich verstehe, was du meinst«, sagte ich.

»Du klingst nicht gerade überzeugt.« Er lachte in sein Bier hinein. »Das unvergeßlichste Erlebnis dieser Art – und eines, das im Roman steht – stieß mir während einer Zugfahrt in England zu. Ich saß zwei Männern gegenüber, die wie Soldaten aussahen, kurzer Haarschnitt mit ausrasiertem Nacken und tätowierte Arme. Es war eine lange Reise, und ich las in einem Buch mit dem Titel *Guten morgen, Mitternacht*. Kennst du es?«

»Nein.«

»Die ganze Zeit über versuchte ich mich zu konzentrieren und nicht dem Gespräch der Soldaten zuzuhören. Sie tranken Bier, der Tisch stand voller Flaschen, und sie wurden immer lauter. Ich war gerade an der Stelle angelangt – ach, sie schreibt wirklich wundervoll! – also, an dieser Stelle, wo die Frau eine Fehlgeburt hat. Diese völlig vereinsamte Frau, die auf der ganzen Welt niemanden hat, verliert ihr Neugeborenes, das einzige, was ihr noch Hoffnung gemacht hat – und als ich das las, war ich dem Ersticken nahe. Du weißt, wie das ist, wenn einem Tränen in die Augen steigen, und dann fließen sie nicht, und man kann nicht mehr weiterlesen?«

Obwohl ich Literatur wirklich liebe, habe ich nie empfinden können, was er da beschrieb, aber ich nickte zustimmend, selbst wenn ich gegenüber dieser Art Reaktion etwas argwöhnisch bin.

»Um die Tränen zurückzuhalten, lehnte ich den Kopf zurück, da sagte einer der Soldaten zu dem andern: ›Weiß

jemand ein Wort mit fünf Buchstaben für Knorpel?‹«
Hugo hielt inne und beobachtete mich. »In einer Juxtaposition steckt eben alles drin«, sagte er.

Ich wußte nichts zu erwidern.

»Natürlich handelt der Roman nicht davon. Ähnliches zieht sich nur, hoffe ich, durch das Ganze hindurch.« Er schüttelte immer noch den Kopf, als glaube er nicht so recht daran, daß etwas so Vollkommenes geschehen konnte und er als Zeuge daran teilhaben durfte. Nach diesem und weiteren Gläsern drückte er sich entweder nicht mehr deutlich genug aus, oder ich konnte einfach nicht mehr aufnehmen, was er da von sich gab.

Auf dem Heimweg ärgerte ich mich darüber, daß ich, schwindelig vor Alkohol und Hugos Roman unterm Arm, ein Wort mit fünf Buchstaben für Knorpel zu finden versuchte.

Ich wagte nicht, das Buch noch am selben Abend zu lesen, weil ich wußte, daß ich nicht in der Lage war, mir ein Urteil zu bilden. Aber ich schaute es mir an. Es war eine dicke Schwarte, ein rot und blau liniertes Kassenhauptbuch, das von Hugos winzigen lateinischen Schriftzügen bedeckt war. Die Farbe der Tinte war von Seite zu Seite anders, einmal schwarz, dann blau, dann wieder rot. Hin und wieder waren Wörter durchgestrichen und Verbesserungen darüber eingetragen, aber ich erlaubte mir nicht, diese zu lesen. Ich legte das Buch auf den Nachttisch und ging zu Bett.

Ich war versucht, einige Auszüge aus dem Roman hier zu zitieren, doch habe ich mich nach langem Hin- und Herüberlegen dagegen entschieden. Er war einfach zu schlecht, so schlecht, daß es peinlich war. Hugo hatte nicht einmal das Einmaleins des guten Stils begriffen. Ich hätte ihm einen schlechten Dienst erwiesen, hätte ich die Auszüge vor einer hohnlachenden Öffentlichkeit plattgetreten. Einige seiner Ideen waren ja ganz gut, aber wie er sie ausdrückte, war jammernswert schlecht. Man konnte nicht einmal sagen, daß es sich um ein Avantgardewerk handelte und ich als Kritiker zu schwerfällig sei, es wahrzuhaben. Ich weiß zuviel über Literatur, als daß ich einen derartigen Fehler beginge.

Mein Problem wuchs sich in den folgenden Wochen zu einer Zwangsvorstellung aus: Was sollte ich Hugo sagen? Ich hatte ihm versprochen, ehrlich zu sein, hatte aber nicht das Herz, grausam zu sein. Doch unehrlich konnte ich auch nicht sein. Das wäre in meinen Augen noch viel grausamer gewesen. Also versuchte ich es mit einem Kompromiß.

Nachdem ich ihm unter Nennung verschiedener Verbesserungsvorschläge so schonend wie nur möglich beigebracht hatte, was ich von seinem Roman hielt, schien er meine Gesellschaft zu scheuen. Jedesmal, wenn ich ihn besuchen wollte, war er nicht zu Hause. Ein- oder zweimal sah ich ihn in einiger Entfernung in der Innenstadt, doch bevor ich ihn zu fassen bekam, hatte er sich schon wie ein Gespenst davongestohlen.

Es war wohl ein Jahr vergangen, bis ich wieder mit ihm sprach. Wie jeden Samstagnachmittag sah ich mich in den Buchläden um. Ich stand in Green's Modernem Antiquariat und ärgerte mich wie gewöhnlich über die mangelhafte Einordnung der Bücher. Mein Blick wanderte von einem

Regal zum andern – Tonne um Tonne Gedrucktes, und nichts davon, kein einziger Name, der mir vertraut gewesen wäre. Plötzlich sah ich durch das Regal hindurch Hugo, und für den Bruchteil einer Sekunde trafen sich unsere Blicke. Als ich auf die andere Seite hinüberging, war er gerade im Aufbruch begriffen. Ich rief ihn an, und er blieb stehen. Er schien recht umgänglich, aber irgendwie gleichgültig gegen alles, was um ihn herum vorging. Er erzählte mir, die Stelle im Krankenhaus habe er aufgegeben. Man habe immer nur an ihm herumgenörgelt und ihm nicht den Status gegönnt, der ihm zustehe, so daß er den Leuten gesagt habe, sie könnten sich ihre Stelle an den Hut stecken. Ich fragte ihn, ob er mit in die Kneipe käme, aber er lehnte mit den Worten ab, er genehmige sich keinen Alkohol mehr. Ich glaube eher, er mochte nicht, weil er kein Geld hatte.

Ich war bereits mehrere Jahre Dozent gewesen, als ich ihn zum letztenmal sah. Wieder konnte er mir nicht ausweichen. Im Gedränge der Käufer vor mir erblickte ich seinen vertrauten Gabardine. Sein Körper war zusammengesunken, und er ging, als suche er auf dem Gehsteig nach etwas. Er lief langsamer als die Menge, so daß diese zu beiden Seiten an ihm vorbeiströmte. Ich holte ihn ein – ich fühlte mich verpflichtet – und grüßte ihn. Er blickte auf, erschrocken, daß ihn aus der Menge jemand ansprach. Dann, als er mich erkannte, lächelte er.

»Wie geht's?« fragte ich.

»Nicht schlecht, schlage mich so durch.«

Er sah schauderhaft aus – schmutzig, unrasiert. Sein Hemd war verdreckt und die Kragenecken umgeknickt.

Sein Brillengestell war über dem Nasenrücken mit Heftpflaster zusammengeklebt.

»Arbeitest du?« Ich kannte seine Antwort schon, aber ich hatte das Gefühl, die Frage stellen zu müssen.

»Nein. Zur Zeit nicht.«

Ich ging neben ihm her und fragte ihn, was er denn so treibe.

»Ich mache Schokoladenriegel.«

»Was?«

Als er mir von seinem neuen Hobby, der Herstellung von Konfekt, berichtete, kehrte seine alte Angespanntheit wieder zurück. Toffees, Makronen und Zuckerstangen, und jetzt suchte er gerade nach Zutaten für Schokoladenriegel. Ob ich wüßte, wo es Kokosflocken zu kaufen gebe? Nein, sagte ich, das wisse ich nicht. Wir standen einander auf der Straße gegenüber und hatten uns nichts zu sagen.

»Schreibst du denn noch?« fragte ich ihn. Er lachte fast abschätzig.

»Nein, damit habe ich schon längst Schluß gemacht.« Er schickte sich an, weiterzugehen.

»Solltest du aber nicht«, sagte ich. »Mach auf jeden Fall weiter. Du solltest dein Talent nicht verkümmern lassen. Ich hatte es wirklich nicht darauf angelegt, dich zu entmutigen.«

Er sah mir genau in die Augen, sein harter Blick durchbohrte mich. »Wenn du meinst«, und er verlor sich in der Menge.

Nach meinen Berechnungen muß es etwa ein Jahr später gewesen sein, daß ich in meinem Arbeitszimmer saß. Entfernt hörte ich das Telephon läuten und meine Mutter drangehen. Sie kam die Treppe hoch und klopfte leise an.

»Herein.«

»Ich habe schlimme Neuigkeiten«, sagte sie. Sie war den Tränen nahe.

»Was ist passiert?«

»Der arme Hugo ist tot.« Ich blieb lange stumm und starrte auf mein Buch, die Buchstaben tanzten vor meinen Augen.

»Wie ist das passiert?«

»Der arme Kerl hat sich das Leben genommen. Er ist erhängt aufgefunden worden – in einer Tenne irgendwo bei Dungannon.«

»Mein Gott! Wann ist die Be ... Be ... Beerdigung?«

»Es ist alles schon zwei Monate her. Als man ihn fand, war er schon vierzehn Tage tot.«

Ich klappte das Buch zu und versuchte meine Mutter zu trösten, die sehr mitgenommen war und inzwischen unverhohlen weinte.

Wenn ich mich an diesen Tag erinnere, habe ich immer noch ein Nachgefühl des Schocks. Nicht essen und nicht lesen zu können. Ich konnte mich des Gefühls nicht erwehren, daß ich etwas hätte tun können, um die Tragödie abzuwenden. Ich hätte ihn aufsuchen, ihn ausforschen, ihm vielleicht sogar Hoffnung schenken können. Mein einziger Trost bestand darin, daß Paul mir während unseres Gesprächs an seinem Hochzeitstag anvertraute, daß er ganz genauso empfunden, aber deswegen auch nichts unternommen habe. Als ich ihn fragte, ob er je den Roman zu Gesicht bekommen habe, verneinte er – soviel er wußte, hatte Hugo ihn niemandem gezeigt. Wir tranken unser Bier und unterhielten uns, als wären wir auf einer Trauer- statt auf einer Hochzeitsfeier. Und wir lachten, freilich nicht so laut, daß wir uns dem anderen verraten hätten.

Ein Pornograph verführt

Mit dem Rücken an einen Felsen gelehnt, sitze ich auf dem warmen Sand und betrachte dich, mein Schatz. Du kommst gerade vom Schwimmen zurück und bist über und über mit Wasserperlen bedeckt. In deinen dicker werdenden Bauchfalten kleben Sandkörner. Deine feinen Beinhaare sind unterhalb der Knie schwarz und vom Meer alle in eine Richtung geschniegelt. Jetzt bietet sich dein Körper ganz der Sonne dar, verlangt nach einem tieferen Braunton. An der See wirst du schnell braun. Den Kopf hast du von der Sonne abgewendet und in den Schatten deiner Schulter gelegt, gelegentlich schlägst du ein Auge auf, um dich der Kinder zu vergewissern. Du hast einen schwarzen Bikini an. Deine Mutter sagt zwar nichts, aber es liegt auf der Hand, daß sie ihn mißbilligt. Wie blasse Blitze fahren Schwangerschaftsnarben in deinen Unterleib.

Bäurisch sitzt deine Mutter in einem Baumwollkleid zwischen uns. Sie trägt derbes, schwarzes Schuhwerk und dicke Florgarnstrümpfe. Wenn sie die Beine übereinanderschlägt, kann ich den rosa Schlüpfer sehen, den sie anhat. Sie hat noch nie Ferien gemacht und weiß nicht so recht, wie sie sich verhalten soll. Sie versucht Zeitung zu lesen, aber die leichte Brise, die heute geht, weht ihr ständig die Seiten um. Schließlich faltet sie die Zeitung zu einem kleinen Viereck zusammen und liest sie auf diese Weise. Sie hält das Viereck in der einen Hand, mit der andern beschattet sie ihre Brille.

Mit jener merkwürdigen Behendigkeit, die sie an sich haben, wenn sie barfuß über geriffelten Sand laufen, kommen zwei der Kinder den Strand entlanggerannt. Sie sind ganz braungebrannt und splitternackt – wieder etwas, was Großmutter, wie wir ihrem Schweigen entnehmen können, mißbilligt. Sie wollen Schaufel und Eimer holen, denn sie haben ein S-förmiges braunes Etwas gefunden, das sie herbringen und mir zeigen wollen. Das älteste Mädchen, Maeve, rennt davon und wird unglaublich klein, bevor sie den Uferrand erreicht. Anne, ein Jahr jünger, bleibt mit ihrem Kwaschiorkor-Bauch neben mir stehen. Sie hat das braune Dings schon wieder vergessen und untersucht etwas auf dem Felsen hinter mir. Sie sagt »Blutsauger«, und ich drehe mich um. Erst gewahre ich nur einen, aber dann blicke ich zur Seite und erkenne einen nach dem andern. Der Fels wimmelt nur so von ihnen – winzige, nadelspitzengroße, scharlachrote Spinnchen.

Maeve kommt mit dem Eimer zurück, in dem sich, mit Meerwasser bedeckt, das braune Etwas befindet. Es ist ein Moostierchen, und ich bringe ihr die Bezeichnung bei. Sie schüttelt sich und sagt, es sehe widerlich aus. Es ist etwa so groß wie eine Kinderhand, ein elliptischer Hügel, der mit spitzen Härchen übersät ist. Ich trage es zu dir hinüber, und du öffnest ein Auge. Ich sage: »Sieh mal!« Deine Mutter wird neugierig und fragt: »Was ist denn das?« Ich zeige es dir und zwinkere dir dabei mit dem ihr abgewandten Auge zu. Aber du verstehst die Anspielung nicht, denn auch du fragst: »Was ist das denn?« Ich erkläre dir, es sei ein Moostierchen. Maeve zieht ab und schwenkt ihre Schaufel in der Luft.

Ich habe dich gestört, denn jetzt richtest du dich auf deinem Handtuch auf und winkelst die Knie in Brusthöhe an. Ich fange deinen Blick auf, du fixierst mich den Bruchteil einer Sekunde länger, als wenn du nur mal eben herüberblicken wolltest. Du stehst auf, kommst zu mir herüber und beugst dich herab, um einen Blick in den Eimer zu werfen. Ich sehe das Weiße in der Tiefe zwischen deinen Brüsten. Die Hände auf den Knien, lehnst du dich vor, hebst den Blick und siehst mich durch deine herabfallenden Haare hindurch an. Ich täusche ein Gespräch vor, wobei ich deine Mutter, die sich wieder abwendet, nicht aus den Augen lasse. Du hockst dich neben den Eimer, spreizt die Schenkel und schürzt die Lippen. Du sagst: »Es ist heiß«, und lächelst, dann legst du dich wieder auf dein Handtuch. Es macht mich rasend.

Ich greife in deinen Korb, in dem sich alle möglichen Kindersachen befinden, deine verstohlen hineingestopfte Reizwäsche, eine Flasche Fruchtsaft, Sonnenöl – schließlich mein Notizheft und mein Kugelschreiber. Es ist ein schmales Notizheft, dessen Seiten oben von einer Drahtspirale zusammengehalten werden. Ich betrachte dich, wie du ölglänzend vor mir liegst. Wenn du dich hinlegst, verschwinden deine Brüste fast völlig. Aus deiner Scham lugen einige Härchen hervor. Andere, weiter unten, hast du dir schamhaft abrasiert. Auf der Innenseite deines rechten Fußes befindet sich die dunkle Krampfader, die nach der dritten Geburt hervortrat.

Ich fange an aufzuschreiben, was wir in diesem Augenblick miteinander treiben müßten. Zum erstenmal schreibe ich Pornographie und spüre deutlich, wie sich in meiner

Badehose eine Schwellung abzeichnet. Ich lache, schlage die Beine übereinander und schreibe weiter. Als ich ans Ende der zweiten Seite gelange, habe ich das Pärchen (das unsere Namen trägt) bereits ins Hotelzimmer verfrachtet. Sie beginnen sich auszuziehen und einander zu liebkosen. Ich schaue hoch, deine Mutter blickt direkt zu mir herüber. Sie lächelt, und ich erwidere ihr Lächeln. Sie weiß, daß ich von Berufs wegen schreibe. Ich »arbeite«. Gerade habe ich dir dein Höschen über die Knie gestreift. Ich fahre fort und lasse uns die ausgefallensten Dinge anstellen. Meine Phantasie eilt meinem Stift um Seiten voraus. Nur mit Mühe komme ich mit dem Schreiben nach.

Nach fünf Seiten ist es vollbracht. Ich reiße die Blätter heraus und reiche sie dir. Du drehst dich auf die andere Seite und fängst an zu lesen.

Die plötzliche Bewegung muß deine Mutter wachgerüttelt haben, denn sie kommt zum Korb herübergelaufen und durchwühlt ihn bis auf den Grund nach einer Tüte Pfefferminzbonbons. Sie setzt sich neben mich auf den Felsen und bietet mir einen an. Ich lehne dankend ab, daraufhin steckt sie sich selbst einen in den Mund. Zum ersten Mal auf diesem Urlaub hat sie ihre Scheu überwunden, sich allein mit mir zu unterhalten. Sie sagt mir, wie sehr es ihr gefalle. Der Urlaub bringe sie auf andere Gedanken. Ihre Haare sind stahlgrau und dunkeln an den Wurzeln. Als sie nach dem Tode deines Vaters allein zurückblieb, wußten wir, daß sie einen Tapetenwechsel gebrauchen könne. Ich halte sie für eine Frau, die ihre Gefühle, so gut sie nur kann, für sich behält. Ein einziges Mal vertraute sie uns an, wie sie mehrere Male hintereinander morgens nach dem Aufstehen zwei

Eier in den Topf gelegt habe. Was ihr zu schaffen mache, sei die lange Dauer jedes einzelnen Tages. Mir ist aufgefallen, daß sie im Speisesaal zunächst völlig verängstigt war, aber jetzt gewöhnt sie sich allmählich daran und bemängelt sogar, wie langsam die Bedienung sei. Mit einem alten Priester, den sie im Salon kennengelernt hat, hat sie eine Bekanntschaft angeknüpft. Bei Ebbe geht er am Strand spazieren, wobei er stets seinen Hut aufhat und in einer Hand ein zusammengerolltes Regencape trägt.

Ich schaue dich an, du bist immer noch in die Lektüre vertieft. Mit dem Ellbogen stützt du dich auf, die Schultern hast du hochgezogen: Du schüttelst dich vor Lachen. Als du ausgelesen hast, faltest du die Blätter immer kleiner zusammen, dann drehst du dich auf den Rücken und schließt die Augen, ohne auch nur einen Blick in unsere Richtung zu werfen.

Deine Mutter beschließt, zum Ufer zu gehen, um die Kinder zu beaufsichtigen. Sie läuft mit verschränkten Armen, da sie es nicht gewohnt ist, nichts tragen zu müssen. Ich gehe zu dir hinüber. Ohne die Augen zu öffnen, sagst du mir, ich sei unflätig – obwohl deine Mutter fünfzig Meter weg ist, flüsterst du. Du forderst mich auf, die Seiten zu verbrennen, sie zu zerreißen sei nicht sicher genug. Ich ärgere mich darüber, daß du sie nicht so aufnimmst, wie sie gemeint waren. Ich falte die Blätter auseinander und lese sie zum zweitenmal. Wieder stellt sich die Schwellung ein. Ich muß über einige meiner künstlerischen Versuche lachen – »das Klappern der Jalousien«, »die leuchtende, pulsierende Flut« –, und stopfe die Seiten in meine Hosentasche auf dem Felsen.

Plötzlich kommt Anne herbeigerannt. Der Mund steht ihr offen, sie schreit. Jemand hat sie mit Sand beworfen. Du setzt dich auf, Ungläubigkeit in der Stimme, daß deinem Kind dergleichen widerfahren könne. Du schlingst die Arme um ihren nackten Körper und nennst sie »Lämmchen« und »Engelchen«, doch sie hört nicht auf zu weinen. Aus deiner Handtasche kramst du ein Papiertaschentuch hervor, befeuchtest eine Ecke und fängst an, den Sand abzuwischen, der ihr um die Augen klebt. Währenddessen betrachte ich dein Gesicht. Aufmerksam, tüchtig, ein schönes Gesicht, das ganz der anderen Person gewidmet ist. Du, die Mutter meiner Kinder. Mit der Zunge befeuchtest du erneut das Taschentuch. Das Weinen will nicht enden, so gehst du dazu über, das Kind leise auszuschelten, und gibst ihm gerade genug Selbstvertrauen, daß es aufhört. »Ein großes Mädchen wie du?« Du drückst das gesäuberte Gesicht des Kindes an die weiche Rundung deines Halses, und die Tränen versiegen. Aus dem Korb zauberst du ein Pfefferminzbonbon hervor, und beide seid ihr auf und davon. Du beugst dich beim Gehen in der Hüfte, um auf gleicher Höhe mit dem Gesicht deines Kindes lachen zu können.

Wo der Schimmer des Sands und das spiegelglatte Meer zusammenkommen, da bleibst du stehen und unterhältst dich mit deiner Mutter. Du bist viel größer als sie. Dann kommst du wieder auf mich zu, die Hälfte der Strecke legst du in einem steifbeinigen Laufschritt zurück. Als du den Felsen erreichst, winkelst du die Beine an, ziehst dir die Jeans über. Ich frage, wohin du gehst. Aus dem Kopfloch deines T-shirts – deine Taille ist nackt – lächelst du mich an und sagst, daß wir ins Hotel zurückgehen.

»Mammy kommt mit den Kindern in etwa einer Stunde nach.«

»Was hast du ihr gesagt?«

»Ich habe ihr gesagt, daß du vor dem Abendessen unbedingt noch einen Drink möchtest.«

Rasch laufen wir zum Hotel zurück. Zuerst umfassen wir uns an den Hüften, aber das ist genauso unpraktisch wie ein Wettlauf, bei dem ein Paar an einem Bein zusammengebunden wird. So lösen wir uns aus der Umarmung und halten nur noch Händchen. Im Hotelzimmer gibt es zwar keine Jalousien, doch in der Brise, die durchs offene Fenster hereinweht, bauschen sich die weißen Tüllgardinen und werfen Falten. Es ist warm genug, um sich auf die Steppdecke zu legen.

Was wir tun, hat jenen eigentümlichen Geruch der See. Hinterher, als wir, nach gestilltem Verlangen, in der Bar sitzen, sage ich dir das auch. Du lächelst, und wir warten auf die Rückkehr deiner Mutter und unserer Kinder.

Ein Weihnachtsgeschenk

McGettigan wachte am hellichten Mittag auf, taub vor Kälte. Am Abend zuvor hatte er vergessen, die Tür zu schließen, und sein Mantel war auf die Dielen hinabgeglitten. Er drehte sich auf dem Sofa um, zog sich den Mantel über und versuchte, ein Frösteln zu unterdrücken. Zu seinen Füßen lag eine dunkelgrüne Weinflasche, und als er die Hand ausstreckte, um das Gewicht der Flasche zu prüfen, zitterte sie. Er überlegte, ob er denn auch vorsorglich einen Tropfen aufgespart hatte, um sich am Morgen aufwärmen zu können. Aber die Flasche war leer, und er schleuderte sie in die Ecke zu den anderen. Beim Geräusch des Aufpralls zuckte er zusammen.

Er erhob sich und knöpfte sich den einzigen Knopf an seinem Mantel zu. Die mittlere Partie hielt er mit den Händen zusammen, die er tief in den Taschen vergraben hatte. Als er auf die Straße hinausging, senkte er den Kopf und kämpfte gegen den Wind an. Er benötigte dringend etwas zum Aufwärmen.

Er durchwühlte die Hosentasche, in der kein Loch war, und fühlte eine zerknitterte Pfundnote und eine ziemliche Menge Kleingeld. Er war versorgt. Niemand hatte ihn während der Nacht beklaut. Gestern hatte er von der Fürsorge sein Weihnachtsgeld ausgezahlt bekommen, und er besaß genug, um sich heute auszukurieren, vielleicht hatte er sogar noch etwas für den Weihnachtstag übrig.

Strannix' Bar lag hinter dem Gerichtsgebäude, nur etwa zwei Minuten von McGettigans Zimmer entfernt, aber heute kam es ihm wie eine kleine Ewigkeit vor. Sein dünner Mantel flatterte ihm um die Knie. McGettigan war so groß, daß er immer befürchtete, den meisten Wind abzubekommen. Als er die Tür zur Bar aufstieß, fühlt er sich von einer Woge aus Hitzedunst, Qualm und Branntweingeruch eingehüllt und umschmeichelt. Rasch suchte er den Tresen ab. Strannix war nicht dort. Nur Hughie, der Barmann, stand da – der war in Ordnung. McGettigan ging zum Tresen und blieb fröstelnd stehen. Wortlos stellte Hughie ihm einen Glühwein hin. McGettigan legte sein Geld auf die Marmorplatte, doch Hughie wehrte es ihm mit den Händen.

»Fröhliche Weihnachten, alter Junge«, sagte er. McGettigan nickte, er konnte immer noch keinen Ton hervorbringen. Er nahm das dampfende Glas, trug es mit beiden Händen zu einer Sitzbank am hinteren Ende der Bar und wartete einen Augenblick, bis es sich abgekühlt hatte. Dann trank er es in einem Zug leer. Er spürte, wie sich seine Eingeweide entspannten und seine Schmerzen abzuklingen begannen. Er holte sich noch ein Glas, für das er aber bezahlte.

Nach dem zweiten Glas waren die Schmerzen schon fast ganz vergangen, und er konnte seine langen Beine entknäueln, aufblicken und seine Umgebung mustern. Die Wanduhr zeigte kurz nach zwei, und in der Bar gab es eine ansehnliche Anzahl Gäste. Jetzt erst nahm er die Stechpalmenzweige wahr, die bunte Raumdekoration und das »Fröhliche Weihnachten«, das in weiß auf dem Spiegel hinter der Theke geschrieben stand. An der Theke selbst saß ein buntes Gemisch von Stammgästen und Leuten vom Gericht in Westen und Maßanzügen. Sie frotzelten, lachten und redeten miteinander, was nicht alle Tage vorkam. Wenn Strannix keinen Dienst hatte, konnte er es ja riskieren, sich an den Tresen zu pirschen. Man konnte nie wissen, wie einem geschah. An einem Tag wie heute konnte man auch schon mal freigehalten werden.

Er stand lange da und lächelte über ihre Witze, doch als niemand von ihm Notiz nahm, bestellte er noch ein Glas Glühwein und ging an seinen Platz zurück. Komisch, er hatte ganz vergessen, daß es gar nicht mehr weit war bis Weihnachten. Für ihn verlief jeder Tag wie der andere. Vor langer Zeit waren die Weihnachtsfeste noch etwas Angenehmes gewesen. Es hatte eine Unmenge zu essen und zu trinken gegeben. Hähnchen, Gemüse und Kartoffeln, alles im Verlauf einer einzigen Mahlzeit, die noch mit Rosinenpudding in Vanillesauce abgerundet wurde. Danach servierte Da, falls er nicht schon betrunken war, Glühwein. Im Kaminfeuer – das war noch so etwas: zu Weihnachten hatten sie immer ein Feuer brennen – erhitzte er ein Schüreisen, bis es glühendrot war und, wenn er beim Herausziehen irgendwelche Staubfusseln berührte, weiße Funken versprühte, und tunkte es in den Flaschenhals. Den Wein reichte er in Tassen, auf deren Grund ein Teelöffel Zucker lag. Dann wußten sie, daß sie – wenn sie wollten, bis Mitternacht – vor die Tür gehen und mit ihren neuen Spielsachen spielen durften, denn Ma und Da würden sich vollaufen lassen und in ihren Sesseln einnicken. Kam die Schlafenszeit, war das neue Spielzeug immer schon entzwei, aber auszumachen schien es ihnen nichts, konnte man doch immer noch etwas damit anfangen. Das waren noch Zeiten gewesen.

Aber es hatte auch schlechte Zeiten gegeben. Er erinnerte sich des Weihnachtstages, an dem er auf dem kalten Linoleumfußboden gelandet war und, nach einer Tracht Prügel, die Da ihm verabreicht hatte, von Kopf bis Fuß wund, in der Ecke vor sich hingewimmert hatte. Er hatte eine Krippenfigur vom Kaminsims gestoßen, und auf dem Feuerrost war der weiße Gips in tausend Stücke zersprungen. Da hatte die Krippe erst am Vortag erstanden, und angetrunken, wie er war, hatte er ihn mit dem Gürtel verdroschen – mitsamt Schnalle. Selbst jetzt noch konnte sich McGettigan nicht darauf besinnen, welche Figur es gewesen war.

McGettigan war froh, daß er nicht verheiratet war. So konnte er sich vollaufen lassen, wann immer er wollte, ohne sich um Kinder sorgen zu müssen. Er war sein eigener Herr. Er konnte sich ein schönes Weihnachtsfest bescheren. Er durchsuchte seine Taschen, nahm sein gesamtes Geld hervor und zählte es nach. Zum ersten Feiertag konnte er sich eine ganze Menge leisten. Es wäre besser, die Sachen für alle Fälle lieber jetzt schon zu kaufen und beiseite legen zu lassen. Womöglich konnte er sich sogar etwas zu essen verschaffen.

Er ging zur Theke. Hughie beugte sich vor, um ihn im Lärm der Bar besser hören zu können. Als McGettigan ihn um Getränke zum Mitnehmen bat, erinnerte ihn Hughie daran, daß es erst halb drei sei. Darauf erklärte ihm McGettigan, er wolle die Sachen für Weihnachten. Drei große Flaschen Stout und drei Flaschen Wein.

»Ist der recht?« fragte Hughie und hielt lächelnd die billigste Weinsorte in die Höhe. Er packte die Sachen in eine Tüte, die er unter die Theke stellte.

»Wenn der Boss kommt, sagst du ihm, daß sie für mich ist«, bat McGettigan.

»Wenn Strannix kommt, schmeißt er dich hochkant raus«, sagte Hughie.

Strannix war ein Geizhals, darin waren sich alle einig. Er haßte McGettigan. Dieser sei die Sorte Kunde, auf die er verzichten könne. Leute wie der brächten sein Lokal in Verruf. Damit meinte er, daß die Richter und Rechtsanwälte, die nur vom Teuersten und Besten tranken – und zwar eine gewaltige Menge – an jemandem wie McGettigan Anstoß nähmen. Um eines Pfennigs willen hätte Strannix seine eigene Großmutter erwürgt. Unter den Rechtsanwälten der Bar kursierte eine feststehende Redensart. Wenn ihnen ihr Whiskey serviert wurde, sagten sie: »Ich geb' nur noch ein bißchen mehr Wasser hinzu.« Strannix war ein ausgemachter Gauner. Nicht nur die Bar, sondern auch die meisten Häuser in den umliegenden Straßen gehörten ihm. Für seine Bude mußte McGettigan ihm die reinste Wuchermiete zahlen. Obwohl es ihm zuwider war, beglich er diese so pünktlich wie nur möglich, weil er sich an sein letztes bißchen Halt klammerte. Wenn man keine Bleibe mehr hatte, war man *alle*. Sein Zimmer war das letzte, was er einbüßen wollte.

Jetzt, wo er sich entspannen konnte, holte er sich ein Stout. Als er wieder an seinen Platz ging, sah er Richter Boucher hereinkommen, dem die an der Theke Sitzenden im Chor ein »Frohes Weihnachtsfest« entgegenbrüllten.

Ein junger Rechtsanwalt, der ihm eben noch alles Gute gewünscht hatte, verdrehte die Augen und kicherte in seinen heißen Whiskey hinein.

Richter Boucher war beleibt und hatte ein rotes Gesicht, das von einem Netz feiner, purpurfarbener Äderchen überzogen war. Er trug einen dicken Kamelhaarmantel und streifte sich ein Paar pelzbesetzte Handschuhe ab. Als McGettigan dem Richter das erste Mal begegnet war, war ihm gar nicht aufgefallen, daß dieser eine Glatze hatte, denn damals trug er seine Amtsperücke und verdonnerte ihn wegen Trunkenheit und Erregung öffentlichen Ärgernisses zu drei Monaten Haft. Jetzt sah er, wie der Richter seinen ersten Gin-Tonic hinunterkippte; den Kopf hielt er dabei so weit zurückgeneigt, daß die Zitronenscheibe gegen seinen Schnurrbart purzelte. Er schubste das Glas zu Hughie hinüber, der ihm nachfüllte. Richter Boucher knackte mit den Fingergelenken, rieb sich die Hände und machte irgendeine Bemerkung über die Kälte. Dann zog er einen Zettel aus der Tasche und reichte ihn Hughie zusammen mit einem Bündel Geldscheine. Anscheinend spendierte der Richter den Umstehenden eine Runde. Folglich stand McGettigan auf und trat an ihn heran.

»Schönen guten Tag, Herr Richter«, sagte er. McGettigan war mindestens fünfzehn Zentimeter größer als der Richter, hatte aber hängende Schultern. Der Richter wandte sich um und sah zu ihm auf.

»McGettigan! Na, Sie machen doch wohl keine Scherereien?« sagte er.

»Nein, Sir. Aber es steht schlimm zur Zeit ... Na ja, Sie wissen ja, wie das so ist. Wenn ich nur das Geld für eine

Bettstelle hätte ...« sagte McGettigan und fuhr sich mit der Hand über das stoppelige Kinn.

»Ich geb' Ihnen keinen aus«, schnauzte der Richter ihn an. »Mann, das ist doch die Ursache all Ihrer Schwierigkeiten. Sie sehen ja furchtbar aus. Wie lange haben Sie denn schon nichts mehr gegessen?«

»Es ist nicht das Essen, Euer Gnaden ...« hob McGettigan an, doch der Richter unterbrach ihn, indem er ihm eine Fleischpastete bestellte. McGettigan nahm sie, Dankesworte murmelnd, entgegen und ging wieder an seinen Platz.

»Fröhliche Weihnachten«, rief ihm der Richter quer durch die Bar nach.

In diesem Augenblick tauchte Strannix hinter der Theke auf. Er war ein hünenhafter, muskulöser Mann, der seine Ärmel bis zu den Bizeps aufgekrempelt hatte und mit einem lauten südlichen Akzent sprach. Als er McGettigan erspähte, lehnte er sich über den Tresen und fauchte ihn an: »Du dürres Gestell! Hab' ich dir nicht gesagt, wenn ich dich nochmal erwische ...«

Mr. Strannix«, rief der Richter vom anderen Ende der Theke. Als Strannix auf den Lattenrosten auf den Richter zuging, verzog sich sein giftiges Gesicht zu einem Lächeln.

»Nun, Richter, was kann ich für Sie tun?« fragte er. Der Richter war bereits wieder zum Vertreter seines Standes geworden.

»Lassen Sie ihn in Frieden«, sagte er. »Den Menschen ein Wohlgefallen und all das.« Er lachte lärmend und zwinkerte in McGettigans Richtung. Strannix füllte das Glas des Richters und harrte mit starrem Lächeln auf sein Geld.

Um vier Uhr traf der Wagen des Richters ein, und unter vielem Händeschütteln und Schulterklopfen verließ dieser das Lokal. McGettigan wußte, seine Zeit war gekommen. Strannix sah ihn stirnrunzelnd an und beorderte ihn mit einer verächtlichen Gebärde seines dicken Daumens hinaus.

»Hughie hat eine Tüte für mich«, sagte McGettigan herausfordernd. »...und ich hab' sie schon bezahlt!« fügte er hinzu, bevor Strannix danach fragen konnte. Strannix griff nach der Papiertüte, kam um die Theke herum, drückte sie McGettigan in den Arm und beförderte ihn entschlossen zur Tür hinaus. Als diese zufiel, rief McGettigan: »Ich hoffe, das wird dein letztes Weihnachtsfest gewesen sein!«

Die Tür öffnete sich erneut, und Strannix steckte sein feistes Gesicht heraus. »Sieh dich vor, oder ich kassiere die Miete ein«, knurrte er.

McGettigan spuckte auf den Bürgersteig, gerade laut genug, daß Strannix es hören konnte. Es fing an zu regnen, und der düstere Himmel schien das Eintreffen der Nacht beschleunigen zu wollen. McGettigan umklammerte die mitgenommenen Getränke mit der Armbeuge. Seine ungeschützte Hand wurde steif vor Kälte. Dann wurde er gewahr, daß sich die Flaschen in der Tüte sonderbar anfühlten. Irgend etwas darin war dreieckig. Eine ihm unvertraute Form.

Unter der nächsten Straßenlaterne hielt er an und öffnete die Tüte. Er sah eine dreieckige Flasche Whiskey. Und er sah eine Flasche Wodka, zwei Flaschen Gin, eine Flasche Brandy und etwas, das aussah wie Tonic.

Er nahm die Beine in die Hand und rannte, so schnell er konnte. Er war in schlechter Verfassung: beim Atmen rasselte es in seiner Kehle, seine Stiefel waren bleiern, und sein

Herz schlug ihm bis zum Hals. Im Rennen sprach er ein Stoßgebet, daß sie ihn nicht einholten.

Als er sein Zimmer erreicht hatte, setzte er die Tüte vorsichtig auf dem Sofa ab, verriegelte die Tür und lehnte sich hechelnd und keuchend dagegen. Als er wieder zu Atem gekommen war, suchte er im letzten verbleibenden Tageslicht den Hof nach Nägeln ab, die er in einer Büchse wußte. Die Nägel trieb er mit wilden Beilschlägen durch die Tür in den Pfosten. Danach schob er das Sofa gegen die Tür und blickte sich im Zimmer um. Sonst ließ sich nichts weiter verrücken. Mit dem Rücken zur Wand ließ er sich neben dem Fenster auf dem Boden nieder und reihte die Flaschen vor sich auf. Beim Herausnehmen klangen sie hell wie volles Glockengeläut. Schweigend harrte er auf Strannix.

Innerhalb weniger Minuten kamen dieser und Richter Boucher auch schon das Treppenhaus hochgestampft. Sie trommelten gegen die Tür und riefen seinen Namen. Strannix schrie: »McGettigan, wir wissen, daß du da drin bist. Wenn du nicht rauskommst, bring' ich dich um!«

Der Richter versuchte ihm gut zuzureden: »Ich hab' dir doch eine Fleischpastete gekauft, McGettigan.« Seine Stimme hörte sich ernstlich gekränkt an.

Doch Strannix übertönte seine Stimme.

»McGettigan, ich weiß, du kannst mich hören. Wenn du nicht mit der Tüte herausrückst, werde ich dich exmittieren lassen.« Es trat Stille ein. Vor der Tür beratschlagte man flüsternd. Dann schrie Strannix wieder: »Exmittieren heißt auf die Straße setzen, du hirnloses Gestell!«

Nach weiterem Fäustegetrommel zogen sie ab, ihr Geschrei und ihre Fußtritte verhallten allmählich.

McGettigan lachte, wie er seit Jahren nicht mehr gelacht hatte – mit zurückgeworfenem Kopf. Mit den Flaschen, die vor ihm standen, spielte er Ene mene muh – der Whiskey gewann. Er fand, daß das klickende Geräusch des aufbrechenden Metallsiegels viel schöner klang als das Knallen eines Korkpfropfens. Er quälte sich damit, daß er nicht gleich trank, sondern erst einmal aufstand und zur Feier des Tages ein Schillingstück in die Gasuhr steckte, um das Heizgerät in Gang zu setzen. Die weißen Schamotteteile waren abgebrochen und auf den Boden gefallen. Das Feuer zischte laut, weil es so lange nicht angezündet worden war. McGettigan sprang zurück und mußte lachen. Dann zog er das Sofa vor das Heizgerät und strampelte sich die Stiefel von den Füßen. Aus den Löchern in seinen Socken lugten weiß seine Zehen hervor, und von seinen Füßen stieg Dampf auf. Die Straßenlaterne vor dem vorhanglosen Fenster warf ein Rechteck aus Licht auf den Boden. Im Schein der Gasflammen erglänzte rotgolden der Whiskey.

Er führte die Flasche zum Mund und trank. Die Hitze, die aus seinem Innern stieg, vereinte sich mit der Wärme seiner Füße zu einer Atmosphäre des Wohlbehagens. Wieder und wieder setzte er die Flasche an die Lippen, und jedesmal, wenn er sie wieder absetzte, lauschte er der glucksenden Musik der zurückschwappenden Flüssigkeit. Bald verwandelte sich das Fenster in einen funkelnden Diamanten, und er fragte sich, ob, was da im Lichtkranz der Laterne wehte, ein Silberregen war oder der Schnee der Christnacht. Knabenchöre stimmten Weihnachtslieder an. McGettigan summte mit und dirigierte sie gemächlich mit der freien Hand. Der Raum erblühte im Dezemberdunkel.

Ein schmerzstillendes Mittel

James Delargy saß in der Ecke an dem kleinen Tisch mit einem Gedeck, den ihm die Kellnerin angewiesen hatte. Sie legte ihm die Speisekarte in der Plastikhülle hin, ging wieder fort und lehnte sich gegen die Anrichte. Die Karte enthielt einen Tippfehler – ein Prozentzeichen zwischen »19« und »Juli«. Er stellte die Karte gegen den verbeulten und bis auf das gelbliche Messing abgenutzten silbernen Milchkrug. Als die Kellnerin zurückkam, bestellte er einen Grillteller. Sie sah nicht sonderlich gut aus, aber wenn sie lächelte, hatte sie ein nettes Gesicht. Das Tischtuch – gestärktes weißes Linnen – war sauber bis auf einen kleinen Flecken, auf dem Tomatenkerne klebten. Er nahm sein Messer und kratzte die Kerne ab.

Drei ältliche Priester oder Schulbrüder, Männer mit dünnen Kragen, traten ein und setzten sich an einen Tisch in einer Nische. Wenigstens einer von ihnen dürfte interessant sein, dachte James. Der älteste mit dem weißen Haar sah Auden ein wenig ähnlich – sein Gesicht war ganz rissig und zerfurcht. Aber schon früher war er von Priestern arg enttäuscht worden. Nicht alle waren belesen. Sein Grillteller wurde gebracht.

»Arbeiten Sie das ganze Jahr über hier?« fragte James die Kellnerin.

»Aber woher, nur im Sommer«, antwortete sie. Sie hatte einen angenehm singenden Tonfall.

»Sind Sie Studentin?« fragte er.

»Sind Sie nicht recht gescheit? Ich und Studentin? Ich kann ja kaum zwei und zwei zusammenzählen.«

»Ach so.«

»Im Winter gibt es hier keine Arbeit. Da gehe ich nach Schottland in die Fabrik. Da hat's immer Arbeit.« Als sie in die Küche zurückging, bemerkte James, daß ihre Beine sehr dick waren und ihr Unterrock einen halben Zentimeter unter ihrem schwarzen Servierkleid hervorsah.

Nach dem Abendessen nahm er sein zusammenfaltbares Regencape und ging aus, um die Stadt zu erkunden. Sehr viel mehr als eine Hauptstraße mit ein paar Nebenstraßen gab es nicht. Die meisten Schaufenster waren mit Feriengeplunder und Ansichtskarten dekoriert. In das größte Geschäft trat er ein, um nachzuschauen, ob sie Bücher führten. Dummerweise hatte er versäumt, sich Lesestoff mitzunehmen, und die einzige Lektüre, die er am Bahnhof erstehen konnte, war *Howards End* gewesen. Es war lange her, daß er das gelesen hatte. Das Geschäft war düster und mit Aran-Pullovern und Ballen irischen Tweeds vollgehängt. Es gab einen gläsernen Ladentisch voller Gartenzwerge und kleeblattgeschmückter Aschenbecher. Einen Drehständer mit Postkarten. Im Hintergrund des Ladens stand ein schmales Bücherregal. Er ging hin und begann die Titel auf den Buchrücken zu studieren. Ein Mädchen von etwa acht Jahren kam aus der Küche, die durch einen Vorhang abgetrennt war.

»Ja, bitte?« sagte es.

»Ich schaue mich nur um.« Als sei ihm nicht über den Weg zu trauen, blieb das Mädchen auch weiterhin stehen.

Außer Büchern von Dennis Wheatley und Agatha Christie, Science-Fiction und Liebesromanen gab es nichts weiter. Nur wieder ein Exemplar von *Howards End* – er lächelte in sich hinein. Das einzige, was er ergattern konnte, war ein Hemingway. Er gab dem Mädchen das Geld, und es wartete, bis er das Geschäft verlassen hatte, bevor es wieder in die Küche ging.

Er lief den gesamten Strand entlang, wurde aber von einem großen, dreieckigen Felsvorsprung aufgehalten, der aufs Meer hinausragte. So setzte er sich hin und beobachtete, wie sich das Wasser auf den Strand ergoß, immer höher, bis es seine Füße umspülte. Was er bisher von dem Ort gesehen hatte, gefiel ihm – dafür, daß er ihn aufs Geratewohl ausgewählt hatte, war er gar nicht schlecht. Der einzige Ort, von dem sein Arzt ihm dringend abgeraten hatte, war der Ort, an den seine Mutter ihn die letzten zwanzig Jahre über mitgenommen hatte. Er meinte, dort gebe es zu viele Erinnerungen für ihn. »Gehen Sie fort – finden Sie ein nettes Mädel. Verlieben Sie sich. Dann können Sie wiederkommen und mich aufsuchen.« Der Arzt sagte, er dürfe nicht vergessen, sondern müsse sich bei seinen Erinnerungen klug und besonnen anstellen. Er müsse ein neues Leben beginnen, an dem seine Mutter keinen Anteil habe. Er müsse anfangen, sich als Erwachsenen zu betrachten. Er hatte eingewandt, daß die Pflege seiner Mutter während dieses entsetzlichen letzten Jahres aus jedem einen Erwachsenen gemacht hätte. Tagsüber unterrichten, nachts bei ihr wachen, sie auf den Nachtstuhl setzen, füttern, umsorgen, zusehen, wie ihr Antlitz langsam vom Tod gezeichnet wurde. Während der letzten vier Tage, als sie im Sterben lag, wurde ihre Nase spitz wie ein Bleistift, und ohne Gebiß sah ihre Mundpartie eingefallen aus. Das einzige Mal, daß er weinte, war in der Todesnacht. Es war ihre völlige Hilflosigkeit, sie hatte kaum genügend Kraft, seine Hand zu ergreifen, ihre herabhängende Kinnlade, ihr vollständiger Mangel an Würde, wenn sie bei jedem Atemzug röchelte und keuchte. Er dachte ihrer, wie sie in seiner Kindheit gewesen war, und er preßte ihr mattes, gelbliches Haupt an seine Wange und weinte. Er versuchte sich den Namen einer Romanfigur von Camus in Erinnerung zu rufen, jenes Mannes, der an dem Tag, als seine Mutter starb, ins Kino ging. Später dann tötete er einen Araber. Aber er konnte sich nicht mehr daran erinnern – selbst jetzt, da er auf dem Felsen saß, konnte er sich nicht erinnern. Es war ihm wieder zu heiß, und er bückte sich über das Meerwasser zu seinen Füßen und benetzte sich die schweißige Stirn. Eine Woge kam herangeschossen und überspülte seine Schuhe.

Er sah, daß das Meer ihm bald den Rückzug versperren würde, und ging über den Strand zurück. Das Wasser mit seinen schwarzen und goldgelben Tupfern und Streifen erinnerte ihn an die Werke der Impressionisten.

Im Hotel ging er auf sein Zimmer, um seine Sachen auszupacken. Sein Zimmer hatte ein kleines Erkerfenster, dessen Gardinen über dem Rücken des D herabhingen. Ein Schrank, eine Frisierkommode mit rosettenförmigen Knäufen, von denen er gleich einen in der Hand behielt, als er daran zog. Das Schubfach war mit einer Seite des *Donegal Democrat* ausgelegt. Darübergebeugt, las er einen Bericht über ein gälisches Fußballspiel und mußte über den blumigen, provinzlerischen Stil lachen. Da konnten ihm seine Schüler aber bessere Aufsätze schreiben. Der Teppich war fadenscheinig und ragte in den alten Kamin hinein, der wiederum mit einer Zeitungsseite verhängt war. In einer Ecke stand ein Handwaschbecken, das immer, wenn im Haus jemand sein eigenes benutzte, gluckste und gluckerte. Hoch oben an der Wand war ein schwarzer Bilderhaken angebracht.

Die wenigen Kleidungsstücke, die er mitgenommen hatte, verstaute er ordentlich in der Schublade. Vor dem Erkerfenster summte eine Fliege. Er sah sich um, ob er etwas fände, womit er sie erschlagen könnte, aber da er nichts fand, öffnete er das Fenster und scheuchte sie mit der Hand hinaus. Wenn seine Mutter hier gewesen wäre, wäre sie auf ihre Art mit ihr umgesprungen. Fliegen waren ihr verhaßt. Ihre Reinlichkeit war so antiseptisch, daß sie es nicht ertragen konnte, wenn sich auch nur eine im selben Zimmer aufhielt wie sie. Eines Tages, als er den Kamin ausfegte, ging er mit der Asche zum Mülleimer, nur um auf Kartoffelschalen und Speckschwarten sein einziges Exemplar von *Tod in Venedig* zu finden. Mit spitzen Fingern hob er es heraus und brachte es ins Haus.

»Mutter«, brüllte er. »Hast du meinen *Tod in Venedig* in den Mülleimer geworfen?« Er hielt das Buch empor.

»Weiß nicht. Kann schon sein.«

»Warum nur in Gottes Namen?«

»Ich habe eine Fliege damit erschlagen.«

James sah sich den Umschlag genauer an. Er wies einen kleinen roten Klecks auf.

»Warum mußt du die Fliegen ausgerechnet mit meinem Buch erschlagen?«

»Es wird nichts anderes zur Hand gewesen sein.« Sie schauderte. »Ein widerlicher alter Brummer!«

»Warum nimmst du nicht die Zeitung?« Sie antwortete nicht. »Mutter, manchmal bist du unglaublich.«

»So viel Theater wegen eines alten Taschenbuchs«, brummelte sie.

»Es ist *Der Tod in Venedig*!«

»Jetzt steckt es voller Keime.«

»Ich schwöre dir, wenn du das noch einmal tust, verlaß ich auf der Stelle das Haus und nehme mir irgendwo eine eigene Wohnung.« Er ging aus dem Zimmer und wischte den Umschlag mit einem feuchten Tuch ab, das er mit einem Desinfektionsmittel durchtränkt hatte. Wie oft hatte sie das wohl schon so gehandhabt? Obwohl er sich zur festen Regel gemacht hatte, niemals seine Bücher zu verleihen, waren ihm schon so viele abhanden gekommen. Vielleicht waren sie auf diese Weise verschwunden. Im Mülleimer. Manchmal hatte er sich schwer getan mit seiner Mutter. Er mußte aufhören, ständig an sie zu denken. Wieder wurde ihm zu heiß. Er ließ Wasser in das Waschbecken. Es war gelbbraun. Das mußte das Torfmoor sein. Überall durchzogen schmale Rinnsale von »leimgoldener« Farbe das Moor. Hopkins fand für alles unweigerlich das treffende Wort. Er spritzte sich das kalte Wasser ins Gesicht.

Es gab andere Zeiten, da war sie unvergeßlich, da hielt er sie für die schönste Frau der Welt. Wenn sie Gäste bewirtete, konnte er den ganzen Abend da sitzen und ihr lauschen. Stets befragte sie sie mit solcher inniger Anteilnahme. Sie unterhielt sich mit ihnen, als seien sie ihr lieb und teuer, als habe sie sie aus der gemeinen Menge auserkoren.

Wenn sie unter sich waren, saß sie so manche Nacht mit einem angewinkelten Bein da und stickte. Dann erzählte sie aus ihrer Kindheit. Von dem Landsitz, auf dem sie gelebt hatte, und dem rauschenden Ballkleid ihrer Mutter im Vestibül, den vielen Italienern von der Dubliner Oper, die zu Besuch da waren, von silbernen Suppenterrinen, von Kindermädchen, Köchinnen und Dienern. Später, als – wie sie sich ausdrückte – niemand anders sie haben wollte, verliebte sie sich in einen katholischen Whiskeyvertreter. Von ihrer Familie wurde sie verstoßen. Er war ein stattlicher Mann, und seine ovale Photographie mit Schnauzbart und Stehkragen hing immer noch neben ihrem Bett an der Wand. Dann sei er sein eigener bester Kunde geworden.

Was er an ihr nie recht verstehen konnte, war, daß sie Bücher bei aller Liebe nicht wirklich achtete. So erzählte sie ihm von einer Gedichtanthologie, die man ihr geschenkt hatte, und wie sie jedesmal, wenn sie einen langen Spaziergang machte, einige Seiten herausriß, um sie mitzunehmen, weil sie zu faul war, das ganze Buch in der Gegend herumzuschleppen. Als er an ihre Nimmerwiederkehr dachte, verspürte er einen Kloß im Hals und eine Hitze um die Augen. Er würde sie *niemals* wiedersehen. Falls es morgen warm und sonnig würde, mußte er sich einen Hut kaufen. Seine Glatze wurde unerträglich empfindlich, wenn sie von der Sonne versengt wurde.

Während des Abendessens musterte er die Gesichter im Speisesaal. Er beschloß, sich alle Mühe zu geben, um das Eis zu brechen. Beim Hinausgehen begab er sich an den Tisch in der Nische, an dem die Brüder saßen.

»Entschuldigen Sie bitte, dürfte ich Ihnen nach dem

Essen einen ausgeben?« Der größte von den dreien hob die Hände und lachte.

»Danke vielmals, aber wir trinken nicht.« Er hatte einen faden Dubliner Akzent. Die anderen nickten zustimmend. James verbeugte sich leicht und wußte nichts mehr zu sagen. Er ging allein in die Bar. Er war nicht sehr gut in solchen Sachen. Immer hatte seine Mutter die ersten Annäherungsversuche unternommen. Sie besaß einen unfehlbaren Instinkt dafür, die richtigen Leute auszuwählen. Man konnte richtig sehen, wie sie sich für sie erwärmten, sobald sie zu sprechen ansetzte. Hätte sie die Brüder gefragt, wäre sie keinesfalls abgewiesen worden. Aber hätte sie sie denn gefragt? Wahrscheinlich nicht, bei ihrem Instinkt.

James bestellte ein Bier. Am anderen Ende der Bar saß ein Mann und las in einem Buch. Das Buch lag flach auf seinen Knien, so daß der Einband verdeckt war. James nahm sein Getränk und setzte sich an den Nebentisch. Er nippte an seinem Bier. Der Mann las weiter, ohne aufzublicken.

»Lesen Sie viel?« fragte James.

»Nein, überhaupt nicht. Meistens in den Ferien. Manchmal lese ich nachts ein bißchen, wenn ich nicht einschlafen kann. Das macht mich schläfrig.«

»Ja«, sagte James. »Wie heißt das Buch?« Der Mann zeigte ihm den Einband. Es war ein amerikanischer Sex-Roman. Das Bild einer Blondine im Unterrock, die einen Fuß auf einen Stuhl gestellt hatte, so daß man das obere Ende ihrer Seidenstrümpfe und das V ihres Spitzenhöschens sah.

»Das war alles, was ich hier kriegen konnte«, sagte er. »Machen Sie hier Ferien?«

James nickte und stürzte sein Bier hinunter.

»Mögen Sie noch ein Bier?« fragte der Mann und erhob sich halb von seinem Stuhl.

»Nein. Nein danke, ich muß los«, erwiderte James hastig. »Wie lange bleiben Sie noch?«

»Noch eine Woche«, sagte der Mann.

»Dann sehe ich Sie ja wohl noch.«

Als James am Schanktisch vorbeiging, steckte der Wirt den Kopf zur Tür herein und sagte mit gedämpfter Stimme zum Barmann: »John, vergiß nicht, den Brüdern die Flasche Whiskey aufs Zimmer zu bringen.«

James ging zur Stadt hinaus, doch so weit das Auge reichte, sah die Landschaft gleich aus. Vereinzelte graue, einstöckige Häuser vor dem Graugrün mageren Bodens. Ein Netz niedriger Steinmauern begrenzte die Felder, die ihrerseits von Steinbrocken übersät waren. Da er keine Abwechslung fand, kehrte er um und ging wieder auf sein Zimmer, um Hemingway zu lesen. Um elf nahm er seine Schlaftablette ein und schlief beinahe unverzüglich ein. Das letzte, was er wahrnahm, war der Bilderhaken über dem Kaminsims, beschienen von einem Lichtstrahl, der durch einen Vorhangspalt von der Straße her eindrang.

»Diese Knauser«, dachte er, ein Lieblingswort seiner Mutter.

Tags darauf wanderte er dicht am Wasser den Strand entlang. Es herrschte Ebbe, und er entdeckte, daß er die Felsformation, die ihm am Abend zuvor den Weg versperrt hatte, diesmal passieren konnte. Nach etwa einer Meile gelangte er zu einem weiteren Felsvorsprung, der mit Grasbüscheln bewachsen war und in der Mitte von einem Spalt durchzogen war. Um die Ecke sah er ein Mädchen kauern. Er zog den Kopf ein, dann lugte er wieder hervor, um sie zu betrachten. Sie saß auf einem Felsblock und zeichnete. Die langen, bloßen Beine hatte sie halb angewinkelt. Sie hatte strohblondes Haar. Er zauderte einen Augenblick, dann entschloß er sich, ganz nah an ihr vorbeizugehen, um sie besser in Augenschein nehmen zu können. Er spazierte lässig, die Hände auf dem Rücken, und blickte aufs Meer hinaus. Als er auf gleicher Höhe mit ihr war, sah er sich um. Sie lächelte ihn schuldbewußt an, wegen ihres Skizzenbuchs.

»Hallo«, begrüßte sie ihn. James blieb stehen und ging auf sie zu. Als er dicht vor ihr stand, bemerkte er, daß sie um die Taille nackt war, denn sie hatte ihre Bluse unter den Brüsten zusammengeknotet.

»Sie machen Skizzen?« fragte er.

»Ja«, sagte sie und verdeckte ihre Zeichnung mit dem Arm, wie einer seiner Schuljungen es getan hätte. »Bitte sehen Sie nicht hin.«

»Ein schöner Morgen«, sagte er, aber da er die Bemerkung zu banal fand, setzte er hinzu: »... zum Zeichnen. Das Licht ... ist gerade richtig.«

»Oh, Sie kennen sich aus?« sagte sie und eröffnete das Gespräch. »Sind Sie Künstler?«

James lächelte und schob sich mit der Hüfte auf einen Felsen. »Nein ... nein, ich bin kein Künstler.«

Sie war wunderschön, je mehr er sie ansah. Reine Haut, kaum oder gar kein Make-up, zurückgebundenes blondes Haar, aus dem sich einige Strähnen gelöst hatten und ihr ins Gesicht fielen. Sie trug eine rosa Bluse, und von seinem erhöhten Platz aus konnte er die sanfte Rundung ihres Brustansatzes erkennen. Auf der sonnengebräunten Haut ihrer Beine sah er einen kaum wahrnehmbaren Hauch hellen Flaums.

»Darf ich mal sehen?« fragte James. Sie lachte verlegen und meinte, die Zeichnung tauge doch gar nichts. Ihr Akzent, wiewohl nicht aus dem Norden, machte entschieden etwas her.

»Weil ich eben erst damit begonnen habe, kann ich sie Ihnen ja ruhig zeigen«, sagte sie und schlug das Buch auf. Die Seiten waren aus dunkelgrauem Papier für Pastellkreide, und die Umrisse der Felsnase und der See und das andere Ufer des Meeresarms waren in groben Zügen eingezeichnet.

»Schön«, sagte James und sah sie an. Sie biß sich auf die Unterlippe.

»Dann laß ich sie lieber so«, sagte sie lachend. »Ich kann sie ja nur noch verderben.«

James reichte ihr das Buch zurück und fragte: »Machen Sie Ferien?«

»Ja, wir wohnen in dem Hotel dort oben.« Sie zeigte hin. »Hinter den Bäumen.«

»Es sieht teuer aus.«

»Ja, aber es ist großartig. Ein alter georgianischer Herrensitz. Genau das Haus, das man sich immer zu besitzen wünscht.«

»Bleiben Sie lange?«

Sie zog ein Gesicht. »Wir fahren am Sonntag.«

»Wer ist wir?«

»Ich bin mit meinen Eltern hier. Deswegen gehe ich auch zeichnen. Sonst kann man ja hier nichts anfangen.«

»Demnach zeichnen Sie gern?«

»Ja, ich liebe konkrete Dinge«, sagte sie. Sie winkte aufs Meer. »... die Natur... Ich weiß nicht, wie ich mich ausdrücken soll. Das Zeichnen hilft mir eigentlich auch nicht weiter. Wenn man nur irgendwie *in* die Sachen eindringen könnte...«

»Haben Sie Hopkins gelesen?« fragte James.

»Nein.« Sie schüttelte nachdenklich den Kopf.

»Bei dem steht schon alles«, meinte James. »›Tief in den Dingen waltet die süßeste Frische.‹ «

»Ach, *der*«, unterbrach sie ihn. »Doch, ich glaube, den habe ich gelesen. Der steht im *Pageant*.«

»Ja«, sagte James, der den Rest des Gedichts für sich behalten mußte.

»Gedichteschreiben ist nur eine andere Art des Zeichnens. Es hilft auch nicht weiter. Ich weiß nicht. Wenn Sie Dinge mögen... dann nehmen Sie immer nur auf, und es kommt nichts wieder heraus. Ich nehme an, irgendwie muß es hinaus... sonst platzt man.« Sie legte die Hand auf den nackten Bauch, als habe sie eine Magenverstimmung.

»Ich glaube auch nicht, daß es *gibt*«, entgegnete James. »Es ist eher eine Gliederung dessen, was wir aufnehmen. Frost sagt, die Lyrik sei ›ein vorübergehendes Aussetzen der Verwirrung‹.«

»Sind Sie Lehrer von Beruf?« fragte sie.

»Ja. Merkt man das so sehr?«

»*Nein*. Nein, es ist nur... Sie hören sich so... klug an.«

Sie mußten beide lachen. »Was kann man denn abends hier so unternehmen?« erkundigte sich James.

»Nichts weiter – manchmal singen sie in der Bar Lieder.«

Sie scharrte eine Handvoll Sand zusammen und ließ ihn von einer Hand in die andere rinnen, dann vertauschte sie die Hände und ließ ihn wieder zurückrieseln. Ihm fiel ein Witz aus einem alten Bob-Hope-Film ein.

»Hier leeren sie wohl all die alten Sanduhren aus?« Sie lachte dankbar.

»Wie heißen Sie?« fragte er.

»Rosalind.«

»Mein Name ist James – James Delargy.« Ihm war, als sollte er ihr die Hand reichen, aber er tat es nicht. »Kann man hier gut spazierengehen?«

»Aber ja. Der schönste Spaziergang ist bei Ebbe am Strand entlang. Da können Sie meilenweit laufen.« Sie lächelte ihn an und strich mit dem Finger eine Haarsträhne weg, die ihr ins Gesicht gefallen war. »Möchten Sie, daß ich es Ihnen zeige?«

»Ja«, sagte James. »Kann ich Sie heute abend wiedersehen, wenn Ebbe ist?«

Sie nickte und lächelte froh.

James sagte: »Vor zehn wird es nicht dunkel werden – und wir könnten etwas trinken gehen.«

»Ich bin noch nicht ... ich trinke nicht«, erwiderte Rosalind.

»Das macht nichts«, sagte James. »Sie können irgend etwas anderes zu sich nehmen.« Wieder nickte sie und preßte den Skizzenblock an die Brust.

»Soll ich Sie am Hotel abholen?«

»Nein ... nein. Ich komme zu Ihnen. Wo wohnen Sie?« Er sagte es ihr.

»So gegen acht?«

»Ja.« Sie legte den Skizzenblock auf die Knie. Die braune Pastellkreide hatte ein wenig auf ihre Bluse abgefärbt. »Oh, sehen Sie nur, was ich angerichtet habe!« Sie schnitt ein Gesicht und versuchte die Farbe abzuwischen. Ihre Brüste hüpften im Takt ihrer Finger, doch der Fleck blieb haften.

Anscheinend gab es nichts weiter zu bereden, so daß James sich von ihr verabschiedete. Auf dem Rückweg zum Hotel hob er eine Handvoll Kieselsand auf und schleuderte sie aufs Meer hinaus. Hinter der ersten Welle sah er vereinzelt kleine Spritzer auf dem Wasser.

Nach dem Abendessen rasierte sich James sorgfältig. Weil es heiß gewesen war und er vergessen hatte, Sandalen mitzubringen, wusch er sich im Handwaschbecken die Füße. Voller Sorge betrachtete er seine kahle Stelle und sah, daß sie gerötet war. Seine Mutter hatte ihm stets gesagt, sie wisse nicht, wer sich um ihn kümmern würde, wenn sie erst einmal nicht mehr sei. Er versuchte an Rosalind zu denken, daran, wie er den Abend gestalten sollte. Sie war jung und schien nicht gerade belesen zu sein. Er könnte sie mit einer Unmenge wirklich guter Sachen bekannt machen. Er zog den Stöpsel heraus, das Schmutzwasser floß gurgelnd ab und hallte in sämtlichen Hotelzimmern wider. Er zog eine cremefarbene Hose und einen Rollkragenpulli an und schob den Hemingway in die Tasche seines Leinensakkos. In der Küche bat er um braune Schuhcreme und bürstete seine Schuhe. Die weiße Salzlinie, die das Meerwasser gemalt hatte, verschwand. Dann ging er in die Bar und wartete. Es war viertel vor acht. Er überlegte, ob er nicht lieber vor dem Hotel warten sollte, falls es ihr peinlich wäre, allein in die Bar zu gehen – aber in den Ferien waren die Bars ja ganz anders. Im Augenblick spielten überall Kinder, die kreischend und lachend unter die Tische krabbelten. In einem Nebenraum klimperte ein Kind auf einem Klavier monotone Noten, während andere barstrümpfig auf der Tanzfläche aus Ahornholz umherschlitterten. Um sich die Zeit zu vertreiben, versuchte James ein paar Seiten Hemingway zu lesen, aber er merkte, daß er sich nicht zu konzentrieren vermochte.

Um acht Uhr kam das Mädchen von der Rezeption in die Bar und blickte sich um. Sie kam zu James herüber und sagte: »Mr. Delargy?«

»Ja?«

»An der Rezeption steht ein Herr, der Sie zu sprechen wünscht.« Er folgte dem Mädchen hinaus. Der Mann, der dort auf ihn wartete, war hochgewachsen und sah distinguiert aus, graues Haar mit einem zahnbürstendünnen Schnurrbart.

»Mr. Delargy?« James nickte und streckte halb seine Hand aus, doch als er bei seinem Gegenüber auf keine Reaktion stieß, zog er sie wieder zurück. »Kann ich Ihnen etwas zu trinken bestellen?«

Er war sehr brüsk. James war verwirrt und folgte ihm widerspruchslos hinaus. In der Bar fragte ihn der ältere Herr, was er trinken wolle, dann bestellte er sich ein Bier und einen einfachen Whiskey.

»Es scheint sich um ein Mißverständnis zu handeln«, begann er. »Ich will nicht ausfallend werden, aber ich muß doch entschieden sein. Mein Name ist Somerville. Ich höre, Sie haben heute morgen am Strand meine Tochter Rosalind kennengelernt.« James nickte. »Ich muß Sie davon in Kenntnis setzen, daß meine Tochter noch nicht einmal fünfzehn ist und daß ich ihr nicht gestatte, mit Burschen auszugehen, die ich nicht unter die Lupe genommen habe. Ganz gewiß aber werde ich ihr nicht gestatten, unbeaufsichtigt mit einem Mann Ihres Alters auszugehen. Ich bitte um Entschuldigung, wenn ich unverschämt erscheine, aber Sie müssen meinen Standpunkt verstehen.«

»Es tut mir leid, aber mir war nicht bewußt, daß sie so jung ist«, stammelte James.

»Ich gebe zu, für ihr Alter ist sie sehr groß. Und es ist vor allem auch ihre Schuld, daß sie es Ihnen nicht gesagt hat – aber sie ist ja so naiv. Beim Abendessen verplapperte sie sich und sagte, wo sie hingehen wolle, und ich hielt es für meine Pflicht hierherzukommen und Sie zu treffen. Ich hoffe, Sie haben nichts dagegen einzuwenden.«

»Ich ... ich ... ich hatte ja keine Ahnung«, sagte James. »Sie war so selbstbewußt. Ich wußte zwar, daß sie jung ist, aber doch nicht *so* jung. Jedenfalls kann ich Ihnen versichern, daß sie bei mir in den besten Händen gewesen wäre.«

Somerville lächelte und beruhigte sich ein wenig. Er trank seinen Whiskey halb aus.

»Sie ist sehr schön«, sagte James.

Somerville akzeptierte die Bemerkung, als habe das Kompliment ihm gegolten. Er trank sein Glas leer und wollte sich mit den Worten »Mr. Delargy, ich danke Ihnen für Ihr Verständnis« gerade zum Gehen anschicken ...

»Einen Augenblick«, sagte James. Noch bevor Somerville es ihm verwehren konnte, stand er auch schon an der Bar. Er kam mit den Getränken zurück, und einen Moment saßen sie schweigend da. Um etwas zu tun zu haben, hoben sie beide zur gleichen Zeit ihr Glas.

»Ich sehe, Sie lesen Hemingway«, sagte Somerville.

»Ja«, sagte James. »Ich hatte ganz vergessen, wie gut er ist.«

»Wie ein Ochse, der sprechen kann«, sagte Somerville lachend.

»Seine Gestalten vielleicht, aber über Literatur hat er einige sehr intelligente Dinge zu sagen.«

»Ich mache nur Spaß«, sagte Somerville, aber James war nicht mehr zu bremsen.

»Irgendwo schreibt er, daß, was wir lesen, Bestandteil unserer Erfahrung wird, natürlich nur, wenn es gut ist. Gute Literatur muß den Eindruck erwecken, als sei einem das alles selbst widerfahren. Ich meine, das ist sehr scharfsinnig.«

Der andere nickte. »Hemingway ist nicht meine Epoche. Ich habe ihn gelesen, als ich jünger war, aber er hat mich nicht sonderlich beeindruckt.«

»Als was arbeiten Sie, Mr. Somerville?«

»Ich unterrichte Englisch.«

»Ach nein, ich auch!«

»Ich lehre am Trinity College.«

James rückte auf seinem Stuhl vor. »Und welches ist Ihre Epoche?«

»Das frühe siebzehnte Jahrhundert.«

»Oh, Donne und Herbert und Crawshaw? Die mag ich sehr gern«, sagte James aufgeregt.

»Ich beschäftige mich mehr mit Prosa. Darüber habe ich promoviert. Launcelot Andrewes, Bacon, Browne. Leute wie die halt«, sagte Somerville. Allmählich kamen die Eltern herein und lasen ihre Kinder vom Fußboden auf. Die Klaviertöne verstummten, und die weitere Unterhaltung verlief in einer ruhigen Atmosphäre gutgelaunter Aufmerksamkeit.

Erst nach Mitternacht machte sich Dr. Somerville auf den Heimweg in sein Hotel. James hatte mehr getrunken als beabsichtigt, und als er ins Bett fiel – froh, einen so vergnüglichen Abend verlebt zu haben – brauchte er keine Schlaftablette einzunehmen. Irgendwie schien der Bilderhaken größer zu sein, abstoßend unbeweglich an der Wand, dreieckig wie eine schwarze Fliege. Er schloß die Augen, und das Bett schien nach hinten zu flitzen. Er öffnete sie wieder, um der Empfindung abzuhelfen. Der Bilderhaken pulsierte im Lichtstrahl und ärgerte ihn ungemein. James stieg aus dem Bett, stellte sich auf den Stuhl, wobei er fast sein Gleichgewicht verloren hätte, und zog die Vorhänge zusammen, so daß sie nahtlos schlossen und das Zimmer in völliges Dunkel gehüllt war.

Anderntags traf er sich, wie verabredet, mit Mrs. Somerville und ihrem Gatten zum Kaffee.

»Mein Lieber«, sagte Mrs. Somerville. »Als er um zwölf nicht zu Hause war, hätte ich schwören können, daß Sie ihn erschossen hätten«, und sie lachten alle. James dachte, wie schade es sei, daß seine Mutter diese liebenswürdigen Leute niemals kennenlernen würde. Gewiß hätte sie sie gutgeheißen.

Der Stier mit dem steifen Hut

Es war einer jener seltenen Augenblicke, da Dick sich seines Fahrstils bewußt wurde. Er liebte das Gefühl, den Wagen völlig in der Gewalt zu haben. Die Straße schlängelte sich zur Bergkuppe hinauf. In jeder Kurve verlagerte er beim Lenken sein Gewicht im Sitz – »und jetzt ist Emmerson Fittipaldi schon eine volle halbe Minute in Führung«. Mit einem einminütigen Vorsprung vor den anderen fuhr er über die Ziellinie und bog in den Rastplatz auf der Kuppe. Nachdem er den Motor abgestellt hatte, war nur noch der seufzende Wind zu hören, der am Auto rüttelte. Er ging sein Auftragsbuch durch. Vierundzwanzig Besuche hatte er an diesem Vormittag gemacht. Welche Maßstäbe man auch anlegte, das war nicht schlecht – falls bei allen etwas herausgekommen war.

Er betrachtete sich im Innenspiegel. Er war bereits völlig ergraut – »Emmerson Fit-ti-pal-di, wie dieser Mann mit seinen fünfundvierzig Jahren es noch schafft, seine Position in der Weltmeisterschaftstabelle zu halten – nein, nicht nur zu halten, sondern in *Führung* zu gehen ...« Er griff nach seinem Lunchpaket auf dem Rücksitz. Eine Thermosflasche mit Tee und eine Frischhaltedose mit Sandwiches. Er öffnete die Dose – schon wieder Käse. Warum nur konnte Margaret bei den Sandwiches nicht einmal ihre Phantasie ein wenig spielen lassen? Sie hatte wahrlich genug zu tun – jede Frau mit acht Kindern hatte alle Hände voll zu tun –, aber war es wirklich zuviel verlangt, daß es gelegentlich einmal etwas anderes gab als Käse? Die anderen Jungs kamen mit Roastbeef und Pickles, Ei und Tomate oder Zwiebel zur Arbeit, einer hatte sogar Gurke und Dorschrogen zu bieten. Nur er bekam nie etwas anderes mit als dünnes Weißbrot mit Schmelzkäse. Hin und wieder warf er die Schnitten zum Fenster hinaus, den Vögeln zum Fraß, und gönnte sich einen Fischimbiß in einer der Kleinstädte, durch die er fuhr. Um frische Luft zu schnappen, kurbelte er beide Fenster herunter, bevor er zu essen begann.

Sein Auftragsbuch lag auf dem Beifahrersitz. Er hob es auf und begann darin zu lesen, während er das synthetische Käsebrot mampfte, das so trocken war, daß es am Gaumen kleben blieb. Es gab immer noch zu viele Nachimpfungen, ausgewiesen durch ein rotes X. Viel zu viele. Er mußte gerade eine Pechsträhne haben. Die Stimme des Ausbilders am Institut für künstliche Besamung fiel ihm wieder ein. »Für Mißerfolg gibt es drei Hauptgründe. Erstens, daß man sich der Kuh nicht zum richtigen Zeitpunkt nähert, zweitens die Qualität des Tieres und des eingesetzten Spermas, und schließlich die Geschicklichkeit des Besamers selbst.« Dick zählte die Anzahl der roten X, die er in seinem Buch vermerkt hatte. Sie lag weit über dem Durchschnitt. Daß man die Kühe hin und wieder zum falschen Zeitpunkt erwischte, damit war zu rechnen. Bis die dämlichen Bauern sich an die Strippe gehängt und die Kuh in die Scheune geschafft hatten, stierte sie schon gar nicht mehr. Alle erwarteten, daß man den Samen auf Färsen übertrug; dabei wurden die beim erstenmal gar nicht trächtig. Dick erkannte immer deutlicher, daß er selbst Schuld daran trug. Er konnte nicht begreifen, was da schief ging. Die schlimmste Kränkung, die einem widerfahren konnte, war, wenn der Boss befand, daß man noch einmal an einem Auffrischungskurs am Institut teilnehmen sollte. Das war zwar nett ausgedrückt, aber eigentlich bedeutete es, daß man sich auf sein Handwerk nicht verstand. In zehn Jahren war ihm das zweimal passiert, und wenn seine jetzigen Leistungen sich nicht bald verbesserten, würde es bald wieder dazu kommen. Er schleuderte das Buch wieder auf den Beifahrersitz. Sein Tee schmeckte nach Thermoskanne. Es hieß, an einem klaren Tag könne man von der Bergkuppe auf fünf verschiedene Grafschaften blicken, aber heute war es bedeckt und windig. Die ersten Regentropfen fielen und wehten zum geöffneten Seitenfenster herein, so daß er die Scheibe wieder hochkurbelte. Der herbeiziehende Regendunst hüllte die fernen Hügel auf der anderen Seite des Tals ein.

Der Anblick eines anderen Wagens, der auf den Rastplatz fuhr, überraschte ihn. Drinnen saßen ein Mann und eine Frau. Kaum hatten sie angehalten, fingen sie auch schon damit an. Ihre Köpfe schienen miteinander verwachsen zu wollen und eins zu werden. Allmählich beschlugen sich die Fensterscheiben, und als er nichts mehr erkennen konnte, verlor er das Interesse. Das war ein bißchen viel, um ein Uhr mittags! Bei ihm war's ja auch manchmal dringend, aber so dringend nun auch wieder nicht.

Aber es war nicht seine Schuld. Er hatte es Margaret ziemlich unverhohlen nahegelegt, aber sie hatte sich rundheraus geweigert, die Pille zu nehmen oder sich sonstwie zu schützen. »Dann hast du dir's eben selbst zuzuschreiben«, lautete seine Einstellung inzwischen ... und tatsächlich war sie sechs Monate später schon wieder schwanger. Ihre Antwort fiel stets gleich aus: »Aber das ist doch Sünde, hier steht's schwarz auf weiß, der Papst sagt es so.« Wenn er auf der Arbeit so gut zu Werke ginge wie zu Hause ... oder umgekehrt, wäre ja alles in Ordnung, aber jetzt, wo das neunte Kind unterwegs war, konnte er es sich nicht leisten, seine Stellung zu verlieren. Er machte es sich wieder im Sitz bequem, lehnte die Knie gegen das Steuerrad und verzehrte zum Nachtisch ein Schokoladenplätzchen. Die dunklen Umrisse in dem anderen Wagen konnte er gerade noch zappeln sehen. Dann ließen sie voneinander ab. Der Fahrer wischte auf der Windschutzscheibe ein Sichtloch frei, und sie fuhren los und ließen Dick wieder allein mit sich zurück.

Es geschähe Margaret ganz recht, wenn er eins der Mädchen aus dem Büro zu einem kleinen Imbiß mit hierher nähme. Carmel hatte es ihm ja schon lange angetan. Sie war jung und aufgeweckt, stets reinlich und roch gut. Wenn sie etwas Weißes trug, dann nur einen Tag lang, frischgestärkt und blütenweiß. Ihre engen Miniröcke, gerade so eng, daß man den Saum ihres Höschens sah, ihre langen, graziösen Beine trieben ihn fast zum Wahnsinn. Außerdem hatte man viel Spaß mit ihr: Die meisten Männer durften sie gelegentlich in den Hintern kneifen. Dann patschte sie ihnen auf die Hand und meinte: »Das sag' ich deiner Mami«, aber nie war sie wirklich ärgerlich. Natürlich wußte Dick, daß es nicht ausreichte, sie hinter dem Aktenschrank kurz mal in den Hintern zu kneifen ... Er würde sie eines Abends zum Essen ausführen müssen, irgendwo weit draußen in Fermanagh ... doch selbst da kannte er eine Menge Leute, und eine Menge Leute kannten ihn. Carmel, das wußte er, würde ihn mehr kosten als nur ein warmes Essen und ein paar Drinks, aber es wäre schon ganz schön, einmal herauszufinden, wieviel. Er merkte, wie ihm beim Nachsinnen das Schokoladenplätzchen in der Hand geschmolzen war. Er schob den Rest in den Mund und leckte sich die Finger ab. Er war der Überzeugung, daß Carmel ihn allen anderen Kollegen vorzog. Jedesmal, wenn sie zufällig einmal im Büro waren, hatte sie ihm von sich erzählt, hübsche Dinge aus ihrem Privatleben. Auch wenn das Büro von anderen Leuten wimmelte, sah er ihr gern beim Schreiben zu, wie ihr das lange, gelbblonde Haar aufs Papier fiel. Auch das Telephon handhabte sie aufs beste. Den Kopf neigte sie rasch zur Seite, so daß das Ohr frei wurde. Ihre Finger mit den langen, gepflegten Nägeln hielten behutsam den Hörer, mit der freien Hand machte sie sich flink Notizen. Am allerbesten aber war die Art, wie sie Dick ansah, wenn sie die Landwirte mit ihrer schönsten Beamtinnenstimme ansprach, ihm dabei zuzwinkerte und ihr hübsches Gesicht zu schrecklichen Grimassen verzog. Jedesmal, wenn er das Telephon im Büro benutzte, konnte er den zarten Parfümduft riechen, den sie auf der Sprechmuschel zurückgelassen hatte.

Wieder betrachtete er sich im Innenspiegel. Für sein Alter sah er recht gut aus, fand er... nur hatte er an diesem Morgen keine Zeit gehabt, sich zu rasieren... Auf junge Mädchen sollte er eigentlich anziehend wirken. Nicht ein angeschlagener Mann in mittleren Jahren, sondern ein Liebhaber wie Rossano Brazzi. Der »Stier mit dem steifen Hut« – unter diesem Namen war er auf den meisten Bauernhöfen bekannt, oder einfach als der »Stiermann«. Der dumme Spruch stimmte ihn leicht ärgerlich. Er hatte noch nie im Leben einen steifen Hut getragen, außerdem war es eine Arbeit wie jede andere, wenn man sich erst einmal an die ekelhafte Seite gewöhnt hatte. Der lange Gummihandschuh, die heißen Eingeweiden der Kuh, der stets vorherrschende Dunggestank, die Jauche und die Milch, durch die er auf den Höfen stapfen mußte. Er wußte nicht, wo es schlimmer war: auf der Arbeit oder daheim. Zu Hause war es der Lärm, der ihn mehr als alles andere fertigmachte. Acht Kinder, das älteste zwölf, das jüngste ein Jahr, die sich alle wegen der geringfügigsten Sache in die Haare kriegten. Eine Flickenpuppe, eine Käseecke, wer die Chipstüte aufmachen oder zuerst in die Badewanne durfte – alles konnte jederzeit in einem kreischenden Handgemenge enden. Die Kinder wälzten sich auf dem Boden, bissen einander und rissen sich gegenseitig die Haare aus. Wollte Dick ihnen Einhalt gebieten, mußte er noch lauter und wüster brüllen als alle anderen zusammengenommen. Dann hielten sie inne, und das einzige Geräusch war der Fernseher, der immer zu laut eingestellt war. Die Kinder saßen mißmutig herum, und wer immer es gewesen war, dem Dick eine aufs Bein gelangt hatte, weil er als erster zuhanden gewesen war, schniefte in der Ecke leise vor sich hin.

»Kann jemand mal den Fernseher leiser stellen?«

»*Ich* bin dran!«

»*Nein, ich* bin dran! Du durftest ihn gestern ausstellen.«

»Daddy, sag ihr, daß sie nicht an der Reihe ist«, und alles fing wieder von vorne an.

Auf der Bergkuppe war er von Stille umgeben. Nur das leise Blöken der Schafe war meilenweit zu hören, und an seinem Fenster raunte der Wind. Hier oben könnte er eine Hütte bauen und wie ein Einsiedler hausen. Er warf die Brotkrusten aus dem Fenster und schraubte den Verschluß wieder auf die Thermosflasche.

Mit Carmel wäre alles anders gekommen. Sie hätten zwei wohlerzogene Kinder haben können, und wenn er nach Hause käme, wäre sie immer da, sauber und adrett, das Haus in Schuß, das Spielzeug aufgeräumt. Statt dessen lag Margaret auf dem Sofa und hatte wegen ihrer Krampfadern die Füße hochgelagert – so war es immer, wenn er nach Hause kam. Von der Tür an war der Boden übersät mit tückischen Lastern, Sachen mit Rädern, Puppen ohne Gliedmaßen, Puzzleteilen.

»Dick, ich bin vollkommen geschafft. Könntest du den Kindern Marmeladenbrote schmieren ... und mach dir, was du brauchst. Sorg dich nicht um mich, ich vertrage momentan kein Essen.« Dann versammelten sich alle um den mit Linoleum bedeckten Tisch, und er bestrich ganze Brotlaibe mit Butter und schwarzer Johannisbeermarmelade. Gewöhnlich ließen einige von ihnen ihre Scheibe auf den Boden fallen, mit der Marmeladenseite nach unten, und schrien aus vollem Halse, weil sie wußten, wie lange sie warten mußten, bis sie wieder an der Reihe wären.

»Es ist eine Dose Spaghetti da, falls du sie möchtest«, rief Margaret aus dem Nebenzimmer. »Und wenn du schon dort bist, könntest du mir die Flasche für den Kleinen warm machen?« Dick haßte Spaghetti, und die Dose hatte schon drei Monate in der Speisekammer gelegen, doch jeden Abend bot Margaret sie ihm von neuem an. So endete er unweigerlich mit einem gekochten Ei und den Überresten der Marmeladenstullen seiner Kinder. Er hoffte, daß dieses, das neunte, ihr letztes sein würde. Sie konnte nicht einfach immer weiter drauflos gebären. Inzwischen war sie dreiundvierzig . . . und man sah es ihr an.

Er schaute auf die Uhr. Er mußte das Büro anrufen, um seine Nachmittagstermine zu erfahren. Vermutlich Hunderte . . . jedenfalls genug zum Übelwerden. Aber er wußte, daß er sie rasch hinter sich bringen konnte. *Wenn* es etwas gab, worin er sich wirklich auskannte, dann war es sein Revier, jedes Sträßchen, jeder Feldweg, jeder Pfad . . . In der Ausarbeitung der Reihenfolge seiner Besuche war er so gut, daß er niemals dieselbe Strecke zweimal befahren mußte. Als er einmal zwei Wochen krank gewesen war, hatte er, nur um sich mit irgend etwas zu beschäftigen, eine Karte von seinem Gebiet angefertigt, auf der sämtliche Straßen und Gehöfte im Umkreis von zwanzig Quadratmeilen eingezeichnet waren.

Das nächste Telephon war etwa drei Meilen entfernt. Er hoffte darauf, daß Carmel abnehmen würde. Das mochte ihm den Nachmittag ein wenig aufhellen. Er startete den Motor, dessen Lärm die Stille zerschnitt, und fuhr langsam, nach beiden Seiten sichernd, auf die Hauptstraße hinaus. Dann schaltete er den Wagen hoch. ». . . nach einem ausgedehnten Boxenstop liegt Emmerson Fittipaldi gut zwei Minuten hinter dem Führungsfeld. Schafft er es, den Vorsprung aufzuholen???« Er jagte den Wagen in eine Kurve und hörte unter sich die Reifen quietschen.

Als er fort war, lag der Rastplatz still, bis zwei Nebelkrähen landeten und sich um die Krusten stritten, die er auf dem Kies zurückgelassen hatte.

Im Tiefen

Auf dem Heimweg im leeren Bus schwiegen die beiden Knaben. Wie gewöhnlich saßen sie auf verschiedenen Sitzbänken, aber diesmal hatten sie es gar nicht darauf angelegt, sich ums Fahrgeld zu drücken. Paul saß da, preßte sein nasses Handtuch mit der Armbeuge an sich und spähte bei jeder Haltestelle auf die Straße hinab. An der Manor Street kniete Olly sich hin und drehte sich zu ihm um.

»Um Gottes willen, erzähl bloß deiner Mutter nichts davon, Paul! Sonst läßt sie uns nie wieder gehen.«

»Ich bin gar nicht scharf drauf – jedenfalls nicht für eine Weile«, versetzte Paul.

Olly breitete sein Tuch aus, holte seine Badehose hervor und wrang sie aus, so daß die Tröpfchen auf den mit Bohlen belegten Boden spritzten.

»Was machst du heute nachmittag?« fragte er.

»Hast du Knete?«

»Nee.« Olly stand auf und rannte das Oberdeck entlang. »Bis später«, rief er. Auf der Treppe blieb er halben Weges stehen und fischte eine Zigarette aus der Brusttasche.

»Deine Hälfte rauch' ich für dich mit, Paul.«

»Hoffentlich erstickst du dran!« rief Paul ihm nach.

Paul ging heim. Sein Abendessen bekam er nicht herunter. Er ging auf sein Zimmer, legte sich hin und starrte lange an die Decke. Seine Mutter kam herauf und steckte den Kopf zur Tür herein.

»Das ist das letzte Mal, das du mir ins Schwimmbad gehst – das ganze Kalkwasser, das du da schluckst – und Gott weiß was noch alles. Als ob die im Wasser nur schwimmen würden!«

Paul merkte, wie ihm plötzlich Tränen in die Augen stiegen. Dann weinte er heftig. Seine Mutter kam auf ihn zu, schlang die Arme um ihn und fragte ungläubig: »Was ist los, was ist denn nur los mit meinem großen Jungen?«

Sie standen in der Eingangshalle an und hörten das ferne Echo verhallen. Über ihnen hing ein Plakat über künstliche Beatmung an der Wand, dessen Rottöne in der Sonne braunstichig geworden waren. Punktierte Linien und Pfeile zeigten die richtigen Bewegungen an. Jemand hatte Titten auf den Rücken des Unfallopfers gemalt und dem Mann, der sich darüberbeugte, ein Geschlechtsteil angehängt. Olly stand da, einen Fuß gegen die cremefarben gekachtelte Wand gestemmt, den anderen abgeschrägt.

»Geh doch mal und frag sie, wie lange die noch drinbleiben«, sagte er. Paul drängte sich durch die Menge zu dem ovalen Fensterchen und kam wieder zurück.

»Zehn Minuten.«

»Zeit für 'ne Fluppe.« Olly griff mit zwei Fingern in die Brusttasche und zog eine Zigarette heraus. Er strich sie glatt und klopfte die losen Tabakkrumen mit dem Daumennagel fest. »Eine rauchen wir jetzt und die andere nachher.«

Paul strich das Zündholz an den Fliesen an. Olly schützte die Flamme mit den hohlen Händen und nahm zwei rasche Züge, dann schloß er die Finger um die Zigarette. Er lehnte sich wieder gegen die Wand.

»Rauch sie bloß nicht ganz zu Ende.« Olly entzog seinen Kopf Pauls ausgestreckter Hand und sog den Rauch tief ein.

»Mach schon, die wird ja schon glühendheiß«, sagte Paul und grapschte sich die Zigarette. Er konnte nicht so tief inhalieren wie Olly, so daß er den Rauch durch die Nase einsog und ihn durch die Nase wieder ausstieß.

»Was für 'ne Marke is 'n das?« fragte er.

»Parkies«, sagte Olly.

»Nicht schlecht.« Einen Moment später fragte Paul: »Glaubst du die Sache mit dem Krebs?«

»Nee, meine Eltern rauchen doch beide wie die Schlote, und schau dir bloß an, wie alt die geworden sind.«

»Der olle Hennesy hat auch geraucht, und jetzt ist er mausetot – fünfzig am Tag«, sagte Paul.

»Irgendwann müssen wir alle mal abtreten – aber wo zum Teufel hatte der olle Hennesy die Moneten her? Fünfzig am Tag – meine Fresse!«

»Aber die Ärzte sagen alle das gleiche«, meinte Paul.

»Ärzte sind dämlich. Mein Vater ist zwei Wochen lang mit 'nem gebrochenen Finger rumgelaufen, und die haben davon gar nichts mitgekriegt. Die haben ihn erst ins Krankenhaus schicken müssen, bevor sie was rausgefunden haben.« Olly drückte die losen Tabakkrümel am durchgeweichten Zigarettenende mit dem Finger fest.

»Erlaubt dir deine Mutter das Rauchen immer noch nicht?« erkundigte er sich.

»Nee.«

»Meine hat mir gestern eine gegeben – sie meinte, solange niemand im Haus ist, ist es in Ordnung. Sie findet das besser, als wenn ich hinter ihrem Rücken qualme.«

»Meine Mutter würde 'n Anfall kriegen, wenn sie Bescheid wüßte.«

Ein Knirps stieß Olly an, blickte zu ihm hoch und sagte: »Gibste mir den Stummel?«

»Verpiß dich, Bürschchen«, sagte Olly, warf den Rest der Zigarette auf den Boden und zerdrückte ihn mit dem großen Zeh.

»Sollen wir hinterher zusammenlegen und Korinthenschnitten besorgen?«

»Bei Lizzie's?«

»Ja, die sind große Klasse.«

»Na gut«, sagte Olly. »Wieviel kriegen wir denn zusammen?«

Sie nahmen ihr Geld hervor und rechneten nach. Wenn das Fahrgeld nicht kassiert wurde, bedeutete das ebensoviel Gewinn, aber einen pflichtbewußten Schaffner mußte man schon einkalkulieren. Doch sie hatten auch so genug bei sich. Paul leckte sich die Lippen und schmatzte.

Inzwischen kamen schon, allein oder zu zweien, die ersten Badegäste heraus. Die Gesichter weiß, die Augen gerötet, wälzte sich die Menge zum Ausgang; manche hatten sich die Badehose über den Kopf gestülpt, andere zeigten ihre nassen Distelköpfe, und alle schrien sich aus vollem Halse irgend etwas zu. Ein Junge in zerschlissenen Jeans, dem die Ellbogen aus dem Sweater staken, kletterte auf das Drehkreuztor, bis er fast zur Decke reichte, und klatschte seinem Freund die patschnasse Badehose auf den Nacken.

»Haut bloß ab hier«, brüllte der Bademeister, der gerade herausgekommen war. Drohend stand er da, die Finger in die Gürtelschlaufen gehakt. In seinem ärmellosen Trikot und seinen Jeans sah er braun und muskulös aus. Er trug schwarze Gummistiefel, deren weiße Segeltuchränder umgekrempelt waren. Auf jedem Arm hatte er eine blaurote Tätowierung. Der Junge hopste vom Tor herunter und drängte sich durch die Tür. Der Bademeister machte eine Bemerkung zu dem Mädchen hinter der Kasse, und die Menschen in der Schlange begannen zu schubsen und sich anzurempeln, um hindurchzugelangen.

Paul zwängte sich bis zu der gewölbten Öffnung in der Acrylglasscheibe durch und schob dem Mädchen sein Geld hin. Sie händigte ihm eine Eintrittskarte, ein Handtuch und eine Badehose aus. Das Handtuch war ein frisch gewaschenes und gebügeltes Geschirrtuch, das reinlich roch und sich noch warm anfühlte, die Badehose ein doppeltes rotes Dreieck, das mit einem Band zusammengehalten wurde. Paul benutzte das Handtuch des Stadtbads lediglich, um sich daraufzustellen, und trocknete sich mit seinem eigenen weichen Frottiertuch ab. Der Turnlehrer hatte ihnen gesagt, das schlimmste, das man sich im Schwimmbad holen könne, sei Fußpilz, er selbst stelle sich stets auf ein Handtuch. Pauls Mutter lag ihm mit Kinderlähmung in den Ohren.

»Das wäre ein teures Schwimmvergnügen, wenn du den Rest deines Lebens im Rollstuhl zubringen müßtest. Von denen, die da drüben schwimmen gehen, weiß man ja gar nicht, aus was für Familien die kommen. Das ist ein verrufenes Viertel.«

»Aber das Wasser ist voller Chlor, Mutter!«

»Chlor, Chlor – was nützt dir das ganze Chlor, wenn du Kinderlähmung bekommst, he? Verrat mir das mal! Dein

Vater ist viel zu gutmütig, daß er dich hinläßt. Er sagt immer, das Schwimmen macht einen richtigen Mann aus dir, aber er wird seine Meinung schon ändern, wenn's ein Opfer der Kinderlähmung aus dir macht.«

Die beiden Jungen rannten den Korridor entlang. Das klatschende Geräusch ihrer Fersen hallte hohl von der Decke wider. Sie sausten an den Pendeltüren entlang und spähten unter jede Schwingtür, ob sie nicht eine Umkleidekabine ohne ein Paar Füße fänden. Endlich fand jeder eine Kabine am tiefen Ende des Beckens. Paul kletterte auf den Sitz, so daß er hinausschauen konnte, während er sich entkleidete. Das Wasser im Schwimmbecken schwappte immer noch von der vorhergehenden Stunde. Auf der Oberfläche wirkte es einigermaßen ruhig, aber die schwarzen Bahnbegrenzungen schlängelten ständig hin und her. Mit einem Ruck zog er Pullover, Hemd und Unterhemd aus und hängte sie an dem Haken auf. Die gleiche Prozedur mit Hose und Unterhose. Die Kleider hingen da wie ein mißgestalteter Körper, buckelig mit baumelnden Armen.

Plötzlich erscholl ein Schrei, der von einer dumpfen Explosion erstickt wurde. Paul blickte über die Trennwand und sah unter Wasser den durchgestreckten Körper eines tauchenden Jungen, der das Becken ganz für sich hatte. Er sah platt aus, sein Haar war in der Mitte gescheitelt und vom Wasser glattgeleckt. Er schwamm an die Oberfläche und stieß mit den Lippen ein furzendes Geräusch hervor.

»Erster.« Es war Olly. »Los, beeil dich, Paul«, rief er.

Paul hüpfte auf einem Bein, um seine schwarze Badehose anzuziehen. Dann zog er die vom Stadtbad darüber und knotete das Band an den Seiten fest. Das Schwarz und Rot sah hübsch aus. Wenn er *nur* die städtische Badehose anhatte, schaute sein Ding immer hervor.

Er bekreuzigte sich, sprach die erste Zeile des Bußgebets und verließ die Kabine. Ruckweise bewegte er sich zum Nichtschwimmerbecken und umfaßte seine Ellbogen. Das Wasser klatschte über den Rand und fühlte sich selbst auf dem Boden noch kalt an. Mittlerweile hatte sich das Bad mit Schwimmern gefüllt, die einen ohrenbetäubenden Lärm veranstalteten.

»Sieh dir bloß deine Rippen an«, schrie Ollys Kopf.

Paul stieg die Stufen ins Nichtschwimmerbecken hinab und blieb, knietief, auf der letzten Sprosse stehen.

Er bespritzte Schultern und Gesicht mit Wasser. Dann stieß er sich, vor Kälte kreischend, vom Rand ab. Paul hatte gerade erst schwimmen gelernt. Am flachen Ende des Bekkens konnte er eine Länge brustschwimmen, aber sobald es tiefer als einen Meter wurde, hielt er sich in der Nähe der Stange auf. Jemand hatte ihm einmal gesagt: »Wenn du eine Länge schwimmen kannst, kannst du auch eine Meile schwimmen«, aber er glaubte ihm nicht. Er stand eine Weile da, sprang auf und nieder und durchpflügte das Wasser mit den Händen. Olly kam zu ihm geschwommen, und eine Zeitlang amüsierten sie sich damit, daß sie einander zwischen den Beinen hindurchtauchten. Dann steuerte Olly auf das Fünfmeterbrett zu. Paul folgte ihm ins Tiefe; halb schwamm er, halb zog er sich an der Stange entlang. Olly erklomm die Stufen zum obersten Sprungbrett und wischte sich die nassen Haare aus den Augen. Paul trat Wasser, während er wartete und ihn beobachtete. Als Olly oben ankam, lehnte er sich erst gegen das Geländer wie ein Boxer in seiner Ecke des Rings, dann spurtete er los, katapultierte sich mit gestreckten Zehenspitzen in die Luft und schlug fünf Meter tief platschend auf dem Wasser auf. Neben Paul kam er wieder hoch.

»Versuch's doch auch mal«, sagte er. »Ganz große Klasse.«

»Bist du verrückt?«

»Du bist ja 'n Waschlappen. Wenn du's erst einmal ausprobiert hast, ist es kinderleicht. Komm schon!« Er schwamm auf die Stufen zu, und Paul folgte ihm. Sie stiegen triefend aus dem Wasser und begannen die Leiter hochzuklettern. Oben angekommen, sah Paul auf die nach oben gewandten, gedrungenen Gesichter hinab und mußte sich am Geländer festhalten.

»Fertig?« fragte Olly.

»Du springst zuerst.«

»Mach doch, ich will dir zusehen.«

»Entweder du springst zuerst, oder ich springe gar nicht«, entgegnete Paul.

Olly rannte los, stürzte sich über das Ende des mit einer nassen Matte ausgelegten Sprungbretts und verschwand aus dem Blickfeld. Paul bekreuzigte sich und wartete, bis Olly wieder auftauchte.

»Na, haste Schiß?« lachte dieser, als er auf der obersten Sprosse erschien. Er rannte an Paul vorbei und sprang zum zweitenmal, wobei er sich die Nase zuhielt. Paul ließ die Geländerstange los, kraxelte rasch die Leiter hinunter und sprang, so hoch er nur konnte, vom Beckenrand ab. Bläschen schäumten ihm in die Nase, und seine Ohren pochten und rauschten. Er kam in Ollys Nähe hoch.

»Ich hab's geschafft!« rief er.

Olly schwamm zu ihm hinüber und sagte: »Na, bestens. Ich dachte schon, du wärst 'n Angsthase. Los, gleich nochmal!«

»Nee«, sagte Paul. »Einmal reicht mir. Sollen wir Abklatschen spielen?«

Aber das Abklatschen machte keinen Spaß, weil Olly immer zur Mitte des tiefen Beckens tauchte und sich nicht fangen ließ.

Später stellte sich Paul an den Beckenrand, um ein wenig zu verschnaufen. Der saure Kalkgeschmack rief bei ihm ein Verlangen nach seiner Korinthenschnitte hervor. An der Luft war es kälter als im Wasser. Er bekam am ganzen Körper eine Gänsehaut, und der helle Flaum auf seinen Armen stand ab. »An dir könnte man ein Streichholz anzünden«, hatte sein Vater einmal am Meer zu ihm bemerkt. »Das ist bestimmt nicht gut für ihn«, hatte seine Mutter hinzugesetzt, die sich tief in ihren Liegestuhl gekuschelt hatte. Paul stand bibbernd da und lauschte dem Getöse; das Geplansche im Wasser und das Türenschlagen in den Umkleidekabinen vermischten sich mit einem nichtendenwollenden, zerklüfteten Schrei, der sich an dem hohen Glasdach brach und als vielfaches Echo zurückgeworfen wurde. Er setzte zu Beginn der Stunde ein und hielt die ganze Zeit über in der nämlichen nervensägenden Tonhöhe an. Nun schrillte der lange Pfeifenton, der das Ende der Stunde verkündete, und da jeder noch ein letztes Mal ins Wasser hechten wollte, schwoll der Lärm noch einmal gewaltig an.

Paul befand sich in der Nähe seiner Kabine, und ihm war viel zu kalt, als daß er sich noch einmal ins Wasser stürzen mochte. Er drückte die Schwingtür zu und breitete das Baumwolltuch auf dem Laufrost aus. Langsam begann er sich abzurubbeln. Er streifte die Badehose ab und ließ sie, eine nasse Acht, bei seinen Füßen liegen. Er fühlte sich allein in der Kabine. Draußen tobte der Lärm, Leute, die pfiffen und Witze rissen, aber hier drinnen war er sicher und geborgen. Privat. Er schaute an seinem Körper herunter, auf die zarte Andeutung von Schamhaar. Er fragte sich, ob er je auch so ein Haarbüschel haben würde wie die Turnlehrer. »Liebe Buben, ihr steht jetzt am Tor zum Leben – bald werdet ihr Männer sein«, lächelte der Redemptorist, der sich sein schwarzweißes Herz an die Brust geheftet hatte. »Und ich weiß, ihr werdet alle brave Männer abgeben – jeder einzelne von euch.« Paul trocknete sich ab und zog sich die Unterhose an. Er versuchte nicht mehr daran zu denken. Plötzlich ertönte draußen ein Schrei, im Ton ganz anders als das Gekreische und Gejohle, das die Badeanstalt erfüllte.

»Heh, Mister, Mister!«

Paul stellte sich auf den Sitz und schaute hinaus. Ein halbangekleideter Junge rannte am Beckenrand auf und ab, deutete auf das Wasser und schrie dabei in einem fort: *»Mister, Mister!«* Paul sah hin und erblickte eine reglose Gestalt, die auf dem Grund des Tiefen lag. Der Bademeister stürmte an seiner Kabine vorbei und stürzte sich ins Wasser. Er faßte den Körper unter, hob ihn hoch und schwamm mit ihm an den Rand. Ein anderer Mann nahm ihm, an einem Arm und einem Bein, den Jungen ab. Dessen Mund stand offen – eine dunkle Höhle. Paul ließ sich auf den Sitz sinken, so daß er ihn nicht länger sehen mußte. Inzwischen herrschte völlige

Stille – nur einer der Jungen war am Heulen und Wimmern. Paul trocknete sich die Füße ab und zog die Socken an. Er zog die Hose hoch und stand wieder auf, um hinauszuschauen. Inmitten einer schweigenden Jungenschar kniete der Bademeister, seine Kleider dunkel vor Nässe. Der Körper des Knaben war blaugrau angelaufen, und wenn der Bademeister seine Arme anhob, fielen sie schlaff zu Boden. Paul ließ sich herab und kleidete sich zu Ende an. Er flüsterte zu Olly hinüber: »Wollen wir gehen?«

»Warten wir erst mal ab, was passiert.« Olly lehnte im Unterhemd über der Schwingtür.

»Ist er tot?« wisperte Paul.

»Sieht so aus«, sagte Olly.

Paul setzte sich wieder. Die Kabine war dunkelgrün angestrichen. Überall auf den Wänden waren Initialen, Daten und primitive gitarrenähnliche Frauenkörper mit Spalt und Titten eingeritzt oder gezeichnet. Er begann die Inschriften zu entziffern: G. B. WAR HIER – TONY IST EIN WICHSER – BMCK 1955. Wieder und wieder las er die Botschaften, bis er in der Ferne den Heulton einer Krankenwagensirene vernahm. Dieser kam näher und brach ab. Unter den Streben des Laufrosts zu seinen Füßen befanden sich Bonbonpapier und ein paar abgebrannte Streichhölzer. Er hob seine Badehose auf und schälte sie langsam aus der roten heraus. Olly kam angekleidet herein.

»Was ist los?« fragte Paul.

»Sie sind weg.«

Paul sah hinaus. Die Menge hatte sich verlaufen, und alle waren in ihren Kabinen und kleideten sich um. Jemand fing an zu pfeifen, verstummte aber wieder. Das Schwimmbekken war inzwischen völlig ruhig: die schwarzen Linien auf dem Grund lagen unbeweglich, die Perspektive war wieder gerade, die Wasseroberfläche eine türkisfarbene Glasscheibe.

Breitbeinig gingen sie am glitschigen Beckenrand entlang und warfen die entliehenen Badehosen und Handtücher in den Abfalleimer. Am Drehkreuz draußen hatte das Mädchen ein Stück Pappe über ihrem Fensterchen angebracht, und ruhiger als sonst, warteten die Leute in der Schlange darauf, ob sie hineingelassen würden oder nicht.

Die Jungen schritten die Treppe hinab, überquerten die Straße und postierten sich an der Haltestelle vor Lizzie's Bäckerei. Olly betrachtete die Korinthenschnitten in der Auslage. Etwa ein Viertel des Blechs war verkauft. Dann lehnte auch er sich mit dem Rücken gegen das Schaufenster, und beide warteten sie mit abgewandten Köpfen auf den Bus.